KB057896

이경자

청소년
현대문학선 029

생애
보다
긴
밤

김계희 그림

문이당

···

청소년 판을 내면서

이 소설은 불운한 청춘의 초상화입니다. 청춘기엔 누구나 세상에 대한 꿈과 야망을 가집니다. 행운을 만나면 꿈과 야망이 생의 현실로 이뤄지고 불운을 만나면 도리어 청춘의 덫이 됩니다.

이 소설은 1980년대의 항구 도시가 배경입니다. 산업화의 속도는 여전히 가파르게 상승하고 시민 의식이 높아져 정치적으로는 민주화를, 경제적으로는 선진국을, 민족적으로는 남북 통합에 대한 요구가 움트기 시작할 때였습니다.

이런 시대를 사는 청년 신호균은 배운 것도 없고 물려받거나 가진 것도 없습니다. 그에겐 가난과 '전과자'라는 두 개의 족쇄가 채워져 있습니다.

어쩌면 호균은 어느 시대에서나 만날 수 있는 불운한 청춘의 자화상일지 모릅니다.

사람은 누구라도 절망과 슬픔을 통하지 않고 희망과 기쁨의 길에 들어설 수 없습니다. 저는 신호균의 절망을 소설적 진실로 만들기 위해 항구에 정박 중인 외항선에 올랐고 밀수품이 운반되는 과정도 체

험했습니다. 그가 인간적 연대의 정을 나누며 지내던 거리의 여자, 미애, 명희…… 들과도 친했습니다.

그러나 소설을 쓰는 내내, 그리고 마지막 문장을 써 놓고도 신호균의 운명을 옥죄어 드는 절망과 슬픔의 그물 때문에 목 놓아 울고 싶었습니다. 내가 비록 그가 아닐지라도, 내 안에, 또 다른 절망과 슬픔의 씨앗, 혹은 고통스런 청춘의 흔적들이 무수히 간직되었을 테니까요.

이제 부디, 신호균의 불운이 끝나기를 바라며 그와 헤어집니다.

2006년 무르익은 봄 5월에
이 시하진

1

온종일 눅눅한 안개에 잠긴 산과 거리, 항구에 땅거미가 번져 들기 시작했다. 바다는 어두운 색깔로 누워 있고, 부두에 닿아 있는 배의 정박등이 안개 속에서 힘겹게 빛을 틔워 내고 있었다.

항구로 내리 닿는 산동네의 비탈길로 택시 한 대가 미끄러지듯 여객선 역 어귀에서 멎었다. 곧 키가 후리후리하고 야윈 듯한 몸피의 청년이 차 문을 열고 밖으로 나왔다. 검은색 야구 모자를 깊이 눌러쓴 신호균이었다. 그는 길가에 서서 택시가 몸체를 틀어 방금 미끄러져 내려온 길을 되돌아 올라가 둔덕을 넘어 사라질 때까지 그 자리에 서 있었다. 무언가 망설이는 것 같고 길을 잘못 든 사람처럼 주머니에 손을 찌르고 발끝으로 연신 바닥을 팠다.

호균은 거의 1분이나 그렇게 있다가 항구를 바라보았다. 크고 높은 창고 건물 옆으로 작업복 차림의 사람이 나타났다 사라졌다. 그는 익숙한 건물들, 화물을 쟁여 놓은 천막 막사, 수선 중인 배들의 동네를 눈 감고도 그릴 수 있었다.

호균은 항구를 넘어 그 뒤쪽의 바다를 바라보았다. 검은 천을 늘어놓은 듯한 바다가 뭉글거리고 있었다. 바다는 그저 바다이고, 지금 그는 아무 생각도 없었다.

냉동차 한 대가 조금 전 택시가 사라진 길에서 내려왔다. 냉동차는 비탈길 아래 소나무 숲길로 들어갔다. 숲에 크고 작은 가건물들이 있었다. 잡다한 어묵이나 젓갈과 건어물 포를 만드는 작은 공장들이었다.

호균은 천천히 아래로 내려가 냉동차 앞으로 인부 두셋이 나와 상자를 져 나르는 것까지 구경하다가 불현듯 손목시계를 보았다. 그는 급하게 주머니를 뒤져 담배 한 가치를 꺼내 입에 물고 불을 붙였다. 연기를 한 번 내뿜고 나서 이미 묵직하게 내리덮인 항구의 어둠 속으로 발걸음을 성큼성큼 내딛기 시작했다.

소금기와 비린내와 휘발유 냄새가 바람에 묻어 활갯짓을 하며 날아다녔다. 휘발유 냄새는 호균에게 슬픔이나 그리움이었다. 산길 30리 남짓을 걸어 나와야 자동차를 볼 수 있던 고향 '솔거리.' 호균은 열다섯에 솔거리를 떠나 중학교가 있는 읍내로 나올 때 처음 자동차를 탔다. 자동차가 풍풍 내뿜던 휘발유 냄새. 그 후 호균은 휘발유 냄새를 타고 고향을 그렸다. 자동차로 두 시간 걸리는 그곳을 돈이 없어 방학에도 가지 못했다. 신문을 돌리고 우유를 배달하고 세차 일을 하고도 배가 고팠다. 중학교를 졸업할 때, 다

8

리를 저는 형이 축하하러 왔다. 낡은 헝겊 가방에 말린 산나물, 말린 버섯과 당귀에 백봉령 같은 약재를 바리바리 싸 와서 인심 사나운 주인집에 허리 굽혀 진상했다. 철부지 동생이 혼자 자취한다고 신세 많이 졌을 텐데 드릴 것이 없다고 비굴하기 짝이 없는 인사를 하였다. 호균은 주인이 변소와 전기와 수도세에 대해 어떻게 인색한지, 형에게 말하지 않았다. 그저 그는 형에게 그동안 연탄 한 장 아끼고 라면 한 개 덜 먹고 모은 통장의 돈을 찾아 주었다. 고등학교를 졸업할 때도 그랬다.

"니가 우리의 희망이다."

언제나 형은 훌쩍이면서 이렇게 말했다.

"한눈 팔지 말고 죽기 살기로 공부해라. 사람대접 받고 살려면 펜대를 굴리고 살아야 한다."

호균은 고개를 떨군 채 입술을 깨물었다.

아직도 호균에게 희망은 영 아득하고, 슬픔은 진창말이로 엉겨 붙어 있었다.

호균은 열려 있는 항구의 후문 안으로 들어갔다. 그는 불 켜진 경비실 쪽을 바라보았다. 안에는 두서너 사람이 있음직해 보이는데 아무도 호균의 출입에 신경을 쓰지 않았다.

음산한 바닷바람이 거칠고 서툰 비질처럼 불어 댔다. 호균의 모자챙이 자꾸만 뒤로 들썩거렸다. 호균은 모자를 벗어 바지 뒷주머니에 찔러 넣었다. 앞머리가 날려서 이마를 덮었다. 파도가 선착장 콘크리트 벽을 철썩철썩 때렸다. 김 씨가 현문 당직을 서고 있을 외항선은 맨 앞에 있었다. 호균이 배 가까이로 다가갈수록 그의 마음은 가련하기 그지없도록 작아졌다. 호균은 미리 약속해 둔 대로 당직이 내려다보이는 곳쯤에서 라이터를 켜 담배에 불을 붙여 힘차게 빨았다. 그리고 빨간 불꽃이 핀 담배를 들어 흔들었다. 저쪽에서 휘파람 소리가 들렸다. 호균은 그 소리를 좇아 고개를 돌렸다. 김 씨가 손을 들고 서 있었다. 호균은 불붙은 담배를 물 위에 던지고, 삭아서 덕지가 이는 철판 계단으로 사뿐히 올라섰다. 하지만 그가 잡은 손잡이 밧줄은 함부로 출렁거렸다. 그래도 호균의 몸놀림은 매우 날렵했다.

"시간 잘 맞추네, 형씨."

뱃사람답잖게 낯빛깔이 허연 편인 김 씨가 호균의 어깨를 반갑게 잡으며 말했다. 호균은 딱히 대꾸할 말이 없어서 굳은 표정 그대로 고개만 한옆으로 젖혀 보였다.

"먼저 내려가라구. 내 방 알잖아. 곧 내려갈 테니."

김 씨가 호균의 손에 방 열쇠를 쥐여 주었다. 엊그제 외출을 나갔을 때 미리 짜둔 그대로였다.

호균은 고개를 끄덕거리고 통로로 들어섰다. 뚱보는 지나다닐 수도 없게 비좁았다. 기관실 쪽에서 망치질 소리가 울렸다. 어느 방에서 라디오를 틀었는지 서양 노래가 들려왔다.

김 씨의 방 문을 열자마자 호균은 낯을 찡그리고 한 걸음 뒤로 비켜섰다. 묵은똥과 시궁창 내가 뒤섞인 냄새였다. 여기두 빵이지. 호균은 교도소를 떠올리며 중얼거렸다. 냄새 때문만은 아니었다. 확인할 수 없는 과거에 대한 무용담은 교도소에서나 외항선에서나 거창했다. 호균은 1인용 나무 침대에 걸터앉았다. 바깥으로 뚫린 사발만 한 창에 얼굴을 대었다. 살갗은 차가운 감촉에 민감해도 그의 눈에 보이는 건 어두운 바다뿐이었다. 그는 한동안 망연히 바다만 바라보았다. 자질구레한 밀수품을 나르는 지게꾼 일을 처음 시작했을 때, 호균은 '법이 무서워서' 이런 하찮은 것도 꼭 한밤중에만 하였다. 하지만 이제 이런 것은 심심풀이였다.

호균은 창에서 얼굴을 뗐다. 침대에 다리를 뻗고 벽에 비스듬히 기대어 팔베개를 했다. 붙박이 작은 책상 밑에 천연색의 커다란 서양 여자 배우의 알몸 사진이 붙어 있었다. 바로 밑에 십자가에서 피 흘리는 예수 사진, 그 옆에 아이를 사이에 끼운 가족사진, 그리고 해돋이 사진들이 보였다.

발소리가 문 앞에서 멎었다. 문을 열고 김 씨가 들어왔다. 그는 바닷바람에 언 뺨을 문지르고 손을 비벼 댔다.

"씨이발 뱃놈질은 이놈의 당직이 지랄같다니깐!"

김 씨가 욕지기하듯 뱉었다. 호균은 대꾸할 말이 없었다. 김 씨를 볼 때마다 점잖은 인상과 걸맞지 않은 그의 말투가 신기하다 생각했다. 사람이 보기와 다르다는 게 진리이련만 그 진리가 호균에겐 늘 생경한 것이었다. 김 씨는 무슨 말인가를 더 하고 싶어 잠시 널름거리는 듯하다가 이빨 사이로 칙, 소리 내곤 침대 밑으로 기어들어 갔다. 부스럭거리는 소리가 들렸다.

"이렇게 벌어서야 어디…… 씨이발 새발에 피두……."

상자 하나를 앞으로 밀어내고 기어 나오며 김 씨가 뱉었다. 그는 상자 앞에 퍼질러 앉았다. 호균은 아직도 침대에 걸터앉아 있었다. 김 씨가 밀봉한 테이프를 뜯고 뚜껑을 열었다. 숨도 못 쉴 정도로 빽빽이 차 있던 라이터와 시계, 만년필이 벌레처럼 바깥으로 떨어져 내렸다. 호균은 바깥으로 쏟아져 내린 물건과 안에 든 것들을 눈여겨보고 대충 그 무게를 감 잡았다. 김 씨가 호균의 눈치를 살폈다. 호균은 그와 눈을 마주치지 않았다. 입을 꾹 다문 채 점퍼 주머니에서 접착테이프를 꺼내 바닥에 던지고 담배를 꺼내 입에 물었다. 김 씨에게도 한 가치 건넸다.

"전부 이거요?"

호균이 생각 없이 물었다. 김 씨가 머리를 긁적였다. 그는 자신의 밀수품이 너무 잔달아서 문득 창피했다.

"이까짓 거루 씨이팔 술값이나 나올라나?"

"어디서 금테 두른 술 판대요?"

호균은 물건을 뒤적이며 말했다. 김 씨는 머리를 긁적거리며 호균이 라이터 시계 만년필을 따로따로 갈라놓는 것을 보다가 팔목을 들어 시간을 재고는 일어섰다.

"이거 봐. 그럼 난 가네."

김 씨가 호균의 어깨를 잡고 말했다. 호균이 머리를 끄덕이자 김 씨는 현문으로 나갔다. 밀수품 운반은 보통 당직 서는 기회를 이용해야 했다.

호균은 접착테이프를 길게 뜯어 시계를 붙였다. 그의 손놀림은 빠르고 정확하였다. 라이터와 만년필도 그렇게 하였다. 그리고 그는 바짓자락을 걷어올리고 양말목을 내렸다. 그는 맨살에다 물건 띠를 붕대처럼 감았다. 양쪽 발에 감고 남은 것은 허리에 둘렀다. 그러고 나서 우뚝 서 보았다. 그의 몸은 잠깐 동안 이물감에 저항했으나 곧 아무렇지도 않게 되었다.

호균은 잠시 몸의 균형과 감각을 다스린 다음, 방 안의 허섭스레기들을 구겨서 쓰레기통에 버렸다. 그리고 알몸의 서양 여자 배우와 예수와 가족들과 해돋이를 일별하였다. 사발창으로 보이는 바다는 여전히 먹빛이고 하염없었다.

통로에선 여전히 라디오 소리, 쇠망치질 소리가 들리고 아주 밑바닥 쪽에서 알아들을 수 없는 남자들의 얘기 소리도 들려왔다.

호균은 소리나지 않게 걸어서 현문에 닿았다.

"이따가 여관에서 보세."

김 씨가 입내 나는 입을 호균의 귓불에 대고 속삭였다.

"관동 12호실이지요?"

"맞아. 난 반 시간 있으면 교대야."

"걱정 마세요."

"이따 봐."

호균과 김 씨는 주황색 등이 달린 현문에서 헤어졌다. 김 씨는 호균이 둔중한 물건을 다리와 허리에 감고도 날렵하게 사뿐히 철판 계단을 내려가는 기술에 감탄하였다. 머지않아 호균은 희끄무레한 보안등 빛 후미진 데로 검은 그림자처럼 스며들더니 경비실을 벗어났다. 절기로는 춘분이 지났는데 태백산맥 높은 봉의 눈바람이 차게 내리 불었다.

호균은 동태 상자를 하역하던 소나무 숲길 쪽으로 해서 그 건너편 길 아래 가파른 돌계단으로 내려섰다. 웬만한 사내 키에도 처마 끝이 닿을 지경인 판잣집들이 사시사철 질척거리는 골목을 사이에 두고 어깨동무해서 서 있었다. 어느 밤엔 살인 사건이 나고 어떤 날은 주정뱅이 백수건달 사내가 마누라를 두들겨 패고, 양아치들이 피싸움을 벌였다. 먼 데서 죄짓고 도망 나와 숨어 지내는 사람도 있고 살림살이가 내리막길을 타서 마침내 여기에 이른 사람들도 있었다. 병원 한 번 못 가 보고 죽을 날만 기다리는 노파, 아직 스물이 안 된 딸이 몸 팔아 들고 오는 돈으로 기식하는 파탄 지경인 중년 아비, 간통하고 도망 나와 사는 뜨내기 부부…… 그래도 인생살이에 필요한 건 다 있었다. 식료품 가게, 술집, 싸전, 맞춤·수선집, 무허가 미장원, 이발소, 목욕탕, 약국…….

호균도 한때 이곳에서 방 한 칸을 빌려 두어 달 살았다. 판잣집에 2층을 올렸는데 언제 밑이 빠질까 조마조마한 집이었다. 주인 사내는 조막손인데 구두 수선공이었고 아내는 식당에 일을 다녔다. 아이들은 내놓은 닭처럼 아무렇게나 자랐고 학교에서 정학을 받고 빈둥거려도 부모들은 알지 못했다. 아이가 어떤 인생을 살아갈지, 썩어 드는 살에 구더기 끓듯 빤히 보였지만 그런 예감이 틀릴 수도 있다고, 호균은 자신의 어두운 상상력을 나무라곤 하였다.

호균은 이 거리에 오면 언제나 절망과 분노, 연민과 모멸감을 느꼈다. 인간은 존엄한 존재라고? 그렇게 말해 준 외항 선원이 있었다. 인간은 나면서 평등하고 존엄성에 다름이 없다고. 성도 모르는 그 사람 이름은 '정민'이었다. 때때로 호균은 그가 그리웠다. 울컥 그런 감정이 떠올랐다가 이내 거품처럼 꺼져 들었다. 이상했다. 깊이 사귀거나 오래 만난 사이도 아니었다.

개수작하지 마라. 호균은 늘 이랬다. 이런 말로 야릇한 연민을 비웃었다. 지금도 그랬다. 정민은 다른 외항 선원이 그렇듯 떠나서는 돌아오지 않는 남자였다. 그가 왜 하룻밤 호균의 방에서 자고 갔는지, 왜 오래 사귄 사람처럼 다정하고 스스럼없이 굴었는지, 호균은 의심하기 싫었다. 그가 비록 자신이 누군지, 어떤 사람인지 말하지 않았다 하여도.

관동 여관은 야산을 갉아먹듯 들어서는 새 택지에 있었다. 호균이 문을 열자 방울쇠가 요란하게 딸랑거렸다. 내실에서 『선데이 서울』을 읽고 있던 중년 여자가 유리문 안에서 눈을 치뜨고 손님을 바라보았다.

"12호!"

호균이 신발을 벗고 올라서며 말했다. 여자는 엉덩이를 든 채 쪽문을 밀고 얼굴을 내어 호균이 들어가는 모습을 지켜보았다. 노크 소리를 듣고 안에서 문이 빠끔히 열렸다. 젊은 여자가 눈 하나만 보이게 하고서 방문객을 살폈다.

"배에서 왔습니다."

"그러세요? 들어오세요. 그렇잖아두 오실 때가 되었지, 하던 참인데……."

여자가 문을 열고 한쪽으로 비켜섰다.

"김 씨두 곧 올 겁니다."

호균이 방으로 들어서며 자신을 쳐다보는 사내에게 말했다. 그들은 김 씨의 처남 내외였다. 사내는 벌써 호균의 묵직한 다리와 허리통을 보고 물건의 양을 짐작한 눈치였다. 호균이 발목의 띠를 풀어놓을 때 그의 입가에 실뱀 같은 미소가 번졌다. 여자는 상표를 보고 개수를 세고 따로따로 포장을 하였다. 사내는 물건 꾸러미를 여행용 가방에 넣고 지퍼를 닫았다. 그는 가방을 한켠으로 밀며 호균에게 고생이 많다고 공치사를 했다. 여자가 바카스 한 병을 내놓았고 남자는 담배와 재떨이를 놓고 그를 쳐다보았다. 호균은 선 채로 텔레비전에 정신을 팔았다. 김수희가 「멍에」를 부르고 있었다.

곧 당직을 끝낸 김 씨가 아내와 함께 들어왔다. 문 앞에서 만났다고 하였다. 김 씨의 아내가 손에 들고 있던 소주와 오징어포를 내려놓았다. 그 여자는 남편의 기항지로 찾아와 며칠씩 함께 지내다 돌아갔다. 지금 헤어지면 반년은 또 못 봤다.

"앉으슈. 옷깃만 스쳐두 인연이라는데."

김 씨의 처남이 말했다. 호균은 딱히 내키는 건 아니지만 주저앉았다. 그들은 술잔을 거푸 돌리고 담뱃불을 서로 붙여 줬다.

"내일은 잠이나 실컷 자려구 했더니 젠장 부탁받은 게 있으니⋯⋯."

김 씨가 입가에 묻은 술을 손바닥으로 문지르며 말했다.

"무슨 부탁이유?"

김 씨의 아내가 부리나케 물었다.

"밀항한 사람이 편질 전해 주래. 돈두 좀 넣었나 본데⋯⋯."

김 씨가 느슨하게 말했다.

"밀항?"

갑자기 그의 처남이 반짝 하는 말로 되짚었다. 그뿐만이 아니라 호균도 귀를 저절로 쫑긋 세웠다.

"글쎄 밀항을 했는데⋯⋯ 아마 터를 잡았다지⋯⋯."

김 씨는 여전히 시큰둥하게 말했다.

"나두 말항이나 하면……."

김 씨의 처남이 혼잣말을 하였다.

"형님은 밀항이 누구 애 이름인 줄 아슈?"

김 씨가 공연히 내쏘았다. 잠시 분위기가 갈라졌다. 김 씨의 아내가 못 견뎌하는 기색이었다. 알코올 중독 증세가 있는 오빠 때문에 늘 걱정이었다.

"밀항하자면 비용두 꽤 들지요?"

호균이 임의롭게 물었다.

"꽤가 뭐야. 몇백 가져두 될까 말까 할걸."

"밀항은 주로 여수에서 많이 한다구 하대요?"

"왜 여수야? 여기선 못하나?"

"그래요?"

"한밑천 앵긴다면 누가 마달까?"

김 씨는 별생각 없이 쉽게 지껄였다.

"그 사람은 몇 년 되었대요?"

호균이 물었다.

"누구?"

"편지 부탁했다는 사람요."

"한 5년 되었다지?"

김 씨는 빈 술병을 들어 아쉽게 들여다보았다.

"여보, 우린 나가야겠는데……."

김 씨의 아내가 손목시계를 보며 말했다.

"벌써?"

"30분 남았어요."

"차암, 내 정신 좀 봐라. 당신 내가 준비하라는 거 있었지?"

김 씨가 정색을 하고 말했다. 김 씨의 아내가 잊었다는 듯이 가방을 뒤져 반으로 접힌 편지 봉투를 꺼냈다.

"수고비, 이거 받구 섭섭하게 생각지 말우. 여기 올 때마다 손발 맞춰 한번 해 보지 뭐. 안 그래?"

김 씨가 현문 당직 설 때와는 딴판으로 교활하게 말했다.

"그러죠, 뭐."

호균은 봉투를 주머니에 넣으며 가볍게 대꾸하였다. 그리고 그는 일어섰다.

거리는 캄캄하고 바람은 여전히 찼다. 호균은 길가에 서서 부르르 진저리를 쳤다. 어디로 가지? 호균은 점퍼 주머니에 손을 찌르고 서서 발밑을 내려다보았다. 지금쯤 동해 당구장에 있을 익수를 얼핏 떠올렸다. 그러나 곧장 익수를 잊었다. 트럭과 택시가 뜸뜸이 지나갔다. 어디로 가지? 호균은 하늘을 올려다보았다. 안개는 걷혔는데 하늘은 어두웠다.

"지구는 둥글다."

호균은 하늘을 보고 혼자서 중얼거렸다. 나는 지구를 떠나선 살

수 없는 인간이다. 나는 지구 어디에서나 살 수 있는 인간이다. 나는 자유로운 존재다. 나는 자유다. 자유로워야 한다…….

호균은 마치 지구를 박차듯 땅을 구르며 고통스럽게 뛰어올랐다가 내려섰다.

2

호균은 억지로 눈을 떴다. 그의 눈에 가느다란 핏줄이 내비쳤다. 그는 몸을 새우처럼 구부리고 담요를 머리끝까지 끌어올렸다. 무슨 꿈을 꾸었지? 무엇에 쫓겼던가? 호균은 꿈 생각을 하였다. 떠오르는 것이 아무것도 없었다.

그는 눈을 감았다. 잠을 더 잘 생각이었다. 하지만 그가 잠도 들기 전에 문 두드리는 소리가 났다.

"오빠!"

여자 목소리였다.

명흰가? 호균은 같은 여인숙에 방 한 칸 빌려서 몸을 팔고 사는 명희를 생각했다. 명희가 아니라면 연애편지 대필해 달라고 온 매춘부일 것이었다. 이곳의 외항 선원을 상대로 몸을 파는 여자들 중에는 더러 외항 선원과 편지로 애끓는 연애를 하다가 그곳으로 초청받아 나가는 경우가 있었다. 대개 매춘부 생활 5년은 넘긴 여자들이 그랬다.

"오빠 아직 안 일어났어요?"

밖에서 여자가 손잡이를 흔들어 댔다. 그 바람에 벽에서 들떠 버린 벽지가 펄럭거렸다.

"누구야!"

호균이 소리쳤다.

"오빠 있었구나. 나야 오빠. 미애라구!"

호균은 벌떡 일어나 바지를 꿰었다. 그리고 안으로 잠긴 문을 열었다.

"아휴우, 이게 무슨 냄새야?"

미애가 얼굴을 찡그리고 코를 잡았다.

"오빠! 총각 방 냄새가 왜 이래? 퀴퀴하구 비리구…… 향수 좀 뿌려요. 내가 뿌려 줘야겠다. 가끔씩 여자만 와서 자두 이렇진 않을 텐데…… 흔해 빠진 애인 하나 없이 한심하다니깐. 인물값두 못해."

미애가 짐짓 눈까지 흘기며 지껄이는 동안 호균은 담요를 둘둘 말아 한켠으로 비켜 놓았다. 도르르 말린 때가 긴 팬티가 삐져나와서 그는 재빨리 안으로 구겨 넣었다.

"몇 시나 되었나?"

호균은 혼잣말을 하고 담배를 피워 물었다.

"밤일하는 내가 나대는 걸 보구두 시간을 모르겠수? 오빤 어떤 때 보믄 천치 같더라. 애인 하나 읎이!"

미애가 색기를 품고 눈을 흘겼다. 호균은 윗목에 내던져져 있는 손목시계를 끌어왔다. 12시 반이었다.

"이렇게 됐구나아."

그는 시계를 찼다.

"오빤 차암 미남인데. 공부나 많이 했으문 이런 데 안 살지……."

"쓸데없는 소리 치워라야아."

호균은 화난 소리로 말했다. 미애는 머쓱해졌으나 이내 콧소리로 말했다.

"오빠, 난 요새 시집가구 싶어 죽겠다아."

"그거 뭐 어렵니? 사내 하나 물어서 살려무나."

"저거 봐. 남의 일이라구 아무렇게나…… 그러지 말구 오빠가 잘 좀 해 봐요."

미애가 등 뒤에 감춰 들고 있던 공책을 내놓았다.

"나같이 팔자 사나운 년이 여기서야 팔자 고칠 수 있나아?"

미애가 시무룩히 말했다. 두 사람의 눈길이 공책 위에 떨어져 있었다.

"오빠, 나두 시집가서 아들딸 낳구 다른 여자들처럼 평범하게 한 번 살아 볼래. 나라구 뭐 애 낳구 살지 말라는 법 있나아? 사내 손끝만 스쳐두 애가 드는 몸뗑인데"

미애가 입을 빼물었다.

"그래. 그렇게 살어 봐. 살구 싶은 데루. 미애가 어디가 못났니."

호균은 꽁초를 재떨이에 비벼 껐다.

"나이가 들어서 그런지 자꾸만 내 인생이 억울한 거 있지 오빠. 가랑이 벌리는 짓도 이젠 정말 지긋지긋하구……."

호균은 고개를 끄덕거렸다. 미애는 담배를 꺼내 입에 물었다. 손등에 담뱃불로 지진 상처 자국이 서너 개는 됐다.

"이번엔 어디니?"

"노르웨이야."

"노르웨이…… 급하냐?"

"여기서 기다릴게. 이까짓 거 금방 쓸 수 있지 뭐, 오빠."

미애가 공책 겉장을 펼쳐 보였다. 여러 군데 지운 자국이 보이는 편지가 들어 있었다.

"시골뜨긴 모양인데 사람은 너무너무 순박해. 둘째 아들이래."

호균은 공책을 끌어당겨 읽었다. 미애는 호균의 표정을 살폈다. 그가 공책을 내려놓자 미애가 말했다.

"오빠, 정순이 있잖아. 그년이 편지에다 사진 넣어서 보낸 거 알지?"

호균이 미애를 쳐다보았다.

"딸 돌잔치 한다구 해서 우리가 한복 사서 보냈거든. 그거 입혀서 가족사진 찍어 보냈더라구. 걘 이상하게 잘 풀렸어. 어디에 복이 붙었는지.”

미애는 슬픔과 부러움이 섞인 얼굴을 숙였다. 정순 역시 이 바닥에서 외항 선원을 상대로 몸 팔던 여자였다. 대만 선원을 사귀어 그쪽으로 시집을 갔다. 대만 선원 편지는 중국집 ‘동춘각’ 아저씨가 도맡아서 써 주기 때문에 호균은 그 사정을 잘 몰랐다.

“두어 시간 있다가 올래?”

“오빠, 내가 방 좀 치워 줄까?”

“아니야, 여기 조바가 잘 해줘.”

“그래?”

미애는 서운한 듯, 오줌을 누러 나가는 호균을 따라 바깥으로 나갔다.

“내 인생은 순전히 오빠한테 달렸다, 잉?”

화장실 앞에서 헤어질 때 미애가 진지하게 말했다.

“내 인생두 불쌍하구 한심한데.”

호균이 미애를 바라보며 씁쓸하게 말했다. 미애가 혀를 날름 내보이고 달아났다.

사랑하는 구드브란드.

어젯밤엔 당신 꿈을 꾸었어요. 당신과 헤어진 이후 당신을 한순간도 잊은 적이 없습니다. 우리가 처음 만나던 날이 늘 생각나요. 배에서 한꺼번에 선원들이 나올 때 우리는 언덕에서 바라보고 있었어요. 그때 당신은 노란색 셔츠를 입고 있었지요. 당신의 노란색을 보는 순간 심장이 졸아들었어요. 내가 당신에게 노란 왕자님이라고 하던 거 생각나지요? 이게 몇 번째 편지인지 모르겠어요. 편지가 되돌아오지 않으면 노란 왕자님이 내 편지를 받아서 읽었다고 생각할 겁니다.

그리운 구드브란드.

언제야 당신을 만날까요. 우리가 나란히 누워서 이야기했던 그 꿈은 언제 이루어질까요. 당신의 아이를 낳고, 당신의 옷을 빨아 다림질 하고, 아이들 손목 잡고 나란히 빵 가게에 가서 빵을 사는 꿈.

저녁이면 당신이 일터에서 내게로 돌아오는 꿈…… 우리는 언제야 다시 만날 수 있을까요. 이 몸이 새라면 당신 곁으로 날아갈 수 있을 텐데…….

호균은 팔베개를 하고 누운 채 미애의 편지를 두 번이나 거푸 읽었다. 세 번째 써 주는 미애의 편지는 사랑한다, 그립다, 아이를 낳고 싶다 같이 먼젓번과 비슷한 내용이었다. 이런 편지를 쓰는 여자는 미애만이 아니었다. 모국에서는 '평범'하게 살 수 없는 매춘부들로서, 사람답게 '잘살아 보는' 것은 외국 남자를 잡는 길뿐이었다. 외항선이 정박하고 선장이 선원들의 외출을 허락한 날이라는 정보를 얻으면 창녀들은 선원의 집 둔덕으로 몰려 나갔다. 오랜 항해에 지친 사내들이 나름으로 멋을 부리고 뭍으로 나오면 여자들이 골라서 찍었다. 노란 셔츠! 까만 머리! 이렇게 특징을 소리쳐 외쳤다. 누구든 먼저 찍으면 임자였다. 미애가 애타게 구원을 바라는 노르웨이의 사내 구드브란드도 그런 남자였다. 외항 선원들은 기항지에서의 며칠을 뜨거운 몸으로만 뒤엉키어 사랑을 나누는데 더러 민족을 넘어서 인연의 끈을 잡기도 했다.

미애는 요즘 들어 거의 미칠 듯이 대한민국을 지겨워했다. 떠나지 못한다면 차라리 죽고 싶다는 것이었다. 말은 그렇게 하지 않아도 이곳의 여자들은 대개 그랬다. 호균이 이곳에 온 후로도 두세 명의 아가씨가 국제결혼을 해서 떠났다. 매춘부를 애인으로 삼은 외국 선원들은 휴가를 얻어 이곳에 와서는 포주에게 몸값을 지불하고 데려갔다.

일본인 선원들과의 연애편지는 예순이 넘은 일수쟁이 '후미꼬' 할머니가 도맡아 써 주었다. 그는 조선 남자와 결혼했지만 6·25 동란 때 남편과 사별하였다. 아이를 낳지 못한 과부라, 풋과일 꼭지 물러 떨어지듯 조선 시댁에서 버려졌다. 그 후 동거 생활도 두어 번 하고 접객업소에서 일도 하다가 지금은 매춘부들 상대의 일수쟁이가 되었다. 후미꼬 할머니는 이곳 101번지 아닌 곳에선 웃지 않고 입도 떼지 않았다. 할머니에겐 이곳이 타인들과 소통할 수 있는 하나뿐인 세상이었다. 더러 돈을 떼이기도 하지만 악착같이 받아 내려 하지는 않았다. 손녀 같은 아가씨들에게서 할머니는 슬픔과 소외감을 위로받았다.

호균은 콧노래를 불렀다.

아이 메이 낫 해브 어 맨션. 아이 해븐트 애니 랜드…… 나는 집도 없고 땅도 없어요. 손안에 부스럭거리는 종이돈도 없어요. 하지만 천 개의 언덕 위에서 아침과 일곱 송이 수선화, 그리고 입맞춤을 당신께 드리리니…….

호균은 브라더스 포가 부른 「일곱 송이 수선화」를 여러 번 읊조리고 소리 내어 불렀다. 노래를 되풀이하여 부를수록 그의 가슴이 휑하니 비어 가는 느낌이었다. 나에겐 집도 없고 땅도 없다. 그러나 천 개의 언덕 위에 떠오른 아침과 일곱 송이 수선화와 입맞춤을 드리리니…… 호균은 눈시울이 뜨거워졌다. 가난하고 가난해서 더 가난해질 것이 없는 사람들의 사랑…… 눈물같이 투명하고 햇볕같이 맑은 사랑. 호균은 아랫입술을 물었다. 콧날이 시큰했다. 사랑이란 게 뭔가. 자꾸만 속에서 이런 의문이 솟구쳤다.

호균은 한숨을 크게 쉬며 슬픔과 울음을 몰아냈다. 그는 엎드렸다. 볼펜과 종이를 눈앞에 놓았다.

마이 다아링 구드브란드.

호균은 이렇게 썼다. 갑자기 그의 콧날이 매워졌다. 눈시울이 뜨거워지는가 싶더니 이내 눈물이 주르륵 흘러 종이 위에 떨어졌다. 그는 벌렁 몸을 뒤집었다. 천장을 바라보았다. 눈물이 굴러 귀 뒤로 흘렀다. 가난하고 가난해서 더 가난해질 것이 없다. 호균은 속으로 말했다. 그리고 높새바람 같은 한숨을 쉬어 눈물을 말렸

다. 다시 엎드렸다. 한 번도 본 적이 없는 노르웨이의 사내 구드브
란드에게 간절한 맘을 실었다.

　마이 다아링 구드브란드.

　아이 드림드 오브 유 라스트 나잇.

　호균은 미애의 편지를 써 내려가다가, 아이를 낳고 싶다, 엄마
가 되고 싶다는 부분에서 잠시 생각에 잠겼다. 아이를 낳고 싶다
고? 엄마가 되고 싶다고? 이건 무슨 의미일까? 여자들에게는 엄
마가 된다는 게 이토록 대단한 걸까? 호균은 도무지 알 수 없는 여
자 마음과 미애를 상상했다. 누구와의 관계에서 들어섰는지도 모
르는 아이를 산부인과에서 지우고는 호균의 방에 와서 소주를 마
시며 엉엉 울던 미애. 아마 네 번은 그랬을 것이었다. 그런 날도
손님을 받으라고 했대서 포주와 대판 싸움까지 했다. 물론 싸움에
서 이기는 쪽은 언제나 포주였다. 손님을 받거나, 몸 생각해서 쉬
고 싶으면 일당을 물어내게 되어 있었다. 미애는 아직 포주에게
매여 있지만 명희는 죽기 살기로 몸을 팔아 돈을 벌었고 청춘의
목표였던 '해방'을 얻었다. 이제 자유롭게 되었지만 명희는 1년에
몇 번 다녀가는 건달 기둥서방인 오빠에게서는 해방되지 못했다.
비록 올 때마다 돈을 뜯어 가지만 명희는 오빠라는 등대가 없이는
살 수 없었다. 요즘 들어 명희는 우울해하였다. 자기 존재에 대해
서였다.

　호균은 편지 봉투를 미애가 잘 찾아가도록 방문턱에 던져 놓았

다. 그리고 다시 「일곱 송이 수선화」를 생각했다.

천 개의 언덕에 떠오른 아침.

땅 한 뼘 없는 가난.

입맞춤과

일곱 송이의 황금빛 수선화.

사랑하는 이에게 예쁜 걸 사줄 돈은 없지만 달빛을 엮어서 목걸이와 반지를 만들어 줄 거야.

고무 슬리퍼가 짝짝 시멘트 바닥을 쳤다. 바닥 치는 소리가 호균의 방문턱에서 멎었다. 미애였다. 미애는 말도 없이 문을 열고 얼굴을 들이밀었다. 늘 그렇듯 편지는 방문턱에 놓여 있었다.

"오빠! 자는 거야? 하여튼 고마워! 우리 천당 가서두 같이 살아! 언제든 오빠 원수 갚을게."

미애가 씩씩하게 말했다. 호균은 슬며시 벌레처럼 고개를 들고 슬프게 미소 지었다.

"회답 오면 읽어 주구, 또 편지 써줄 거지?"

미애가 낭랑하게 말했다. 호균은 눈을 감고 고개만 끄덕거렸다. 미애는 문득 호균의 그런 모습이 가여워서 가슴이 찢어지는 걸 느꼈다.

미애가 돌아간 다음, 거의 5분 이상을 호균은 멍청히 앉아 있었다. 그러다가 그는 갑자기 이 굴속 같은 방이 역겨웠다. 답답하고 우중충해서 숨이 막힐 지경이었다. 두 평 반쯤 될 방에 비닐 옷장,

서랍이 달린 앉은뱅이책상, 작은 카세트라디오가 한 대, 아무렇게
나 쌓아 놓은 신문과 주간 잡지와 책 몇 권, 빈 소주병과 콜라병,
들뜬 벽지와 쥐 오줌 자국이 누렇게 밴 낮은 천장…… 호균은 이
곳에서 산 지 2년이 넘었다. 감방에서 만났던 고향 후배, 익수를
찾아 이곳에 와서 처음 호균은 변두리 판자촌에 살았다. 지대가
낮고 움푹 꺼져서 비가 오거나 눈이 녹을 땐 장화 없이 살 수 없었
다. 늘 퀴퀴하게 썩은 내가 진동했고 여기저기서 싸움이 벌어지지
않는 때가 없었다. 그곳의 문간 방 한 칸에서 시내 이곳 여인숙으
로 올 수 있었던 건 밀수품 운반 덕이었다. 익수가 물려준 그 일을
시작하고 호균은 주머니에 돈을 넣고 다니게 됐다. 낮춰 잡아도
대학의 강사는 될 성싶어 보이던 외항 선원 정민이 와서 하룻밤
묵어 간 곳도 이 방이었다. 다른 곳의 여인숙과 달리 포장한 마당
이 달렸고 마당 끝에 공중 화장실, 그 옆으로 손바닥만 한 화단도
있었다. 채송화, 사루비아, 달리아, 옥잠화, 백일홍, 과꽃, 분꽃들이
때맞춰 피고 졌다. 봄이면 모종을 심는 건 명희였다. 봉숭아 꽃이
피면 손톱에 물도 들이고 외항선이 들어오지 않거나 들어와도 선
장이 짠돌이어서 선원들을 풀지 않을 때, 그 곤궁하고 불안한 불
경기의 나날들을 명희는 한 뼘 꽃밭에 마음 쏟고 지냈다.

　호균은 머리를 흔들었다. 정신을 차리자. 그는 속으로 말했다.
머리를 흔들고 일어났다. 방바닥의 휴지를 주워서 문턱 구석에 놓
인 쓰레기통에 넣었다. 그는 빈 담배 껍질을 줍다가 바로 옆에 휴

지처럼 놓인 낡은 5천 원짜리를 보았다. 편지 써준 값으로 미애가 두고 간 것이었다. 호균은 다른 때처럼 돈을 집어 주머니에 넣지 못했다. 도리어 슬그머니 화가 치밀었다. 이상했다. 기분이 묘했다. 창녀들의 영문 편지를 써 주는 일이 자주 있는 건 아니지만 그래도 정해진 값이라고 받아서 챙기는 게 아무렇지 않았는데 지금은 내키지가 않았다. 호균은 잠시 5천 원짜리 돈을 바라보다가 마지못한 듯 돈을 주머니에 구겨 넣었다. 사랑하는 구드브란드. 미애의 편지 첫 문장을 떠올렸다. 어젯밤엔 당신 꿈을 꾸었어요……. 호균은 편지를 써 주고 돈을 받는 일을 다시는 하지 않겠다고 결심했다. 그냥 써 줘야겠다고 다짐했다. 그리고 그는 내내 미애를 지우지 못하고 구드브란드를 생각하고 사랑이라는 게 어떤 감정일까, 미애가 가지고 싶다던 가정이란 무엇일까, 생각을 뒤적거리다가 외출 채비를 했다. 잠들기 전, 어딘가에 벗어 두었을 양말을 찾았지만 이틀 신은 양말은 바닥이 뻣뻣하게 때가 끼고 냄새가 났다. 옷장을 뒤졌으나 빨아 둔 양말이 없었다. 냄새나는 양말을 신고 방을 나섰다. 문에 밤톨만 한 쇠를 채웠다.

명희가 문을 활짝 열어젖히고 청소를 하다가 호균을 바라봤다.

"나가?"

명희가 지나가는 말로 물었다. 호균이 발걸음을 멈추고 돌아보았다.

"요새 잘 되지?"

"그저 그렇지 뭐. 수원에서 온다구 연락이 왔어."

명희가 기운을 빼고 말했다. 호균이 알겠다는 뜻으로 고개를 끄덕였다. 수원에서 온다는 말에 숨은 사람은 명희의 기둥서방이었다. 애인이랍시고 공잠 자고 공밥 얻어먹고 며칠 지내다가 돈 뜯어서 떠나는 게 전부였다. 돌아왔을 땐 다음 달에 당장 식 올리고 여길 떠날 것처럼 하다가 떠난 뒤론 오래도록 소식이 끊겼다. 그래도 명희는 여기저기 애인 있다고 자랑하고 광고를 했다. 마치 울타리를 치듯이.

호균이 여인숙에 장기 투숙을 시작하고 얼마 안 되어서였다. 술에 곤죽이 되었던 날 밤 무슨 까닭으로 명희와 동침하게 됐는지, 호균은 기억하지 못했다. 명희는 돈을 받지 않았고 그를 애인이라 여기지도 않았다. 그건 호균도 마찬가지였다.

"정신이 없었네."

그날 미안하고 민망해진 호균이 짧게 변명했다.

"괜찮아. 있는 거 나눠 쓰는 거야."

명희가 말했다. 호균은 그 뜻을 이해하지 못했다.

"복잡하게 대가리 굴리지 마. 팔다 남은 물건 나눠 주는 거 몰라? 인심이지 뭐. 나 수원에 애인 있거든. 결혼할 거고."

명희가 말했다. 그 후로 다시는 둘이 몸을 섞는 일은 없었다. 하지만 호균은 명희가 남 같지 않았다. 남에게 감추고 싶은 서러움이랄까, 슬픔 같은 것을 공유한, 그래서 흡사 피붙이 같았다.

호균은 세탁소 앞에서 '서울 수입 상점' 주인 사내를 만났다. 그는 여러 가지 밀수품과 달러와 외제 상품을 취급했다. 호균은 엉거주춤 허리 굽혀 인사했다.

"요새 물건 좀 없나? 궁짜 껴서 이거 어디 살겠나야아."

사내가 호균의 어깨를 치며 말했다.

"증말루 뭐 좀 읎어? 자네가 장사 좀 시켜 줘야지. 이런 불경기에."

사내는 호균을 붙들고 늘어질 기세였다. 그는 오래전부터 호균을 통해 선원들이 가져오는 술과 담배, 장신구 따위를 받아 팔아 왔다. 그도 한때 외항선을 탔었다.

"배가 들어와야 말이죠."

호균이 중얼거렸다.

"큰일났네 이거. 젠장 바다 밑두 빠짝 말러서 여엉 고기가 안 잡힌다구 생야단들이니."

사내는 휘적휘적 거리로 나가는 호균을 바라보며 말했다.

길가 가구점 앞 택시 정류장에 빈 택시 서너 대가 서 있었다. 기사 둘이 제 차 옆구리에 기대서서 얘기하고 있었다. 정류장 길 건너 3층 건물에 맨 아래는 아폴로 베이커리, 2층은 소아과 병원, 3층엔 동해 당구장이 있었다. 동해 당구장이라는 다섯 글자를 한 자씩 써넣은 유리창 중에 '해'와 '구'자는 열어젖혀져서 호균의 눈에는 '동', '당', '장' 자만 보였다. 거기에 가면 아는 얼굴들이 있을 것이었다. 낮에는 별로 할 일이 없는 젊은 사내들. 이 거리에 빌붙어 사는 남자들……. 호균은 열린 창문 사이로 사람의 자취가 얼씬거리기를 기다렸다. 익수가 있을지 몰랐다. 생일이 다섯 달 아래인데 처음 만났을 때 호균의 기에 눌려서 얼결에 '형님'을 올려붙인 탓으로 여태 아우입네 하고 지내는 동갑나기였다. 그러나 호균은 붉은 신호등이 파란빛으로 바뀌어도 길을 건너지 않았다. 당구장에 가 보아도 지루하고 답답하긴 마찬가지였다. 호균은 입을 꽉 다물고 무언가를 결심한 얼굴로 빈 택시들 쪽으로 걸어갔다.

3

아카시아 흰 꽃 이파리가 함박눈처럼 흩어져 날렸다. 길가의 둔덕에 마구잡이로 자란 십수 년생 아카시아들은 흰 꽃무리를 매단 채 길 위로 그림자를 드리우고 있었다. 길 위로 흩어져 날리는 아카시아 꽃 이파리는 호균의 마음을 야릇하게 건드렸다. 그의 마음은 돌팔매를 맞은 물살처럼 일렁이기 시작하였다.

그래. 클레오파트라였어.

택시를 탈 때에도 아무런 작정이 없었던 호균은 문득 클레오파트라를 떠올렸다. 그리고 그는 다투듯 떠오르는 그날의 인상들을 가쁘게 되새겼다. 누빈 핏빛 인조 가죽을 입힌 문짝. 둔중한 문의 무게에 몸이 빨려들 것 같던 느낌. 문의 무게보다 더 질기고 힘찬 우울하고 웅장하던 선율의 흡인력. 그날 호균은 단지 클레오파트라라는 간판을 보고 호기심이 생겨 붉은 인조 가죽 문을 잡아당겼을 뿐이었다.

"어서 오세요."

침침한 안쪽에서 여자의 목소리가 들려왔다. 호균은 그 목소리에 겨우 정신을 가누었다. 밝은 데서 어두운 데로 들어선 그의 눈도 그제야 정신을 차리고 사방을 제대로 보기 시작하였다. 열 평 안팎으로 보이는 방에 검은 인조 가죽 의자가 기차칸 의자를 마주 보게 해 놓은 것처럼 대여섯 무더기 놓여 있었다. 의자는 비어 있었다. 호균이 두리번거리며 안쪽으로 걸어갔다. 그는 맨 뒤쪽 구석진 자리에 앉았다. 흰 페인트칠을 한 나무 벽에 흑백의 그림 사진이 붙어 있고 역시 흑백의 삿갓을 씌운 등이 드문드문 매달려 있었다.

여드름 자국이 뺨에 수두룩한 젊은 여자가 엽차 잔을 내려놓을 때 그는 커피 한 잔을 주문하고 음악이 무어냐고 물었다.

"「핀란디아」요."

핀란디아? 호균이 속으로 노래 제목을 서너 번 되씹었을까? 그때 '그 여자'가 팔랑거리며 들어왔다. 연두색 바탕에 보라색 양지꽃 무늬가 그려진 원피스 차림의 여자.

호균은 처음에 연두빛과 보라색만 보았었다. 등받이가 높고 앉는 받침이 넓은 의자에 혼자 앉아 커피를 마실 때 등 뒤에서 높은 새소리 같은 웃음소리가 울려 퍼졌다. 그늘이나 우울이 먼지만큼도 없이 느껴지는 웃음소리에 호균은 귀를 쫑긋 세웠다. 그저 그것뿐이었다. 그런데 지금 호균은 「핀란디아」와 그 여자의 웃음소리를 동시에 떠올린 것이었다.

택시는 낮은 언덕을 평지처럼 올라가서 굽이진 길을 돌아 읍내의 상점 거리로 들어섰다. 클레오파트라도 여기 이 거리에 있었다. 호균은 택시에서 내려 클레오파트라와 잘 웃던 여자와 원피스와 양지꽃과 「핀란디아」를 생각하며 걸었다. 좌판의 참외와 밭토마토, 식료품 가게 주인의 손에서 휘둘리는 노란색 파리채. 아동복 진열장 앞의 아이와 어머니. 동경 자전거 수리점. 강원 수퍼마켓……을 느릿느릿 걷던 호균은 이제껏 한 번도 본 적이 없는 진열장 앞에서 문득 걸음을 멈췄다. 유리벽 안에 키가 낮고 폭이 좁은 사방탁자가 하나. 그 위에 마른 흑장미 다섯 송이가 꽂힌 유리병이 놓여 있었다. 장미를 보다가 고개를 들면 갈매기가 나는 바다 풍경을 찍은 흑백 사진이 쇠줄에 달려서 늘어뜨려져 있었다.

호균은 간판을 읽었다. 벽에 붙은 아크릴 간판엔 '선물의 집 바다'라고 씌어 있었다. 호균은 다시 갈매기가 나는 바다 풍경 사진을 오래도록 바라보다가 유리병에서 시선을 멈추었다. 장미가 말라서도 저렇게 제 색깔을 지니고 있다는 게 신기했다. 그는 자신도 모르게 가게 안쪽을 깊이 들여다보기 시작했다. 호균은 어느 결엔가 클레오파트라는 잊고 있었다.

"들어와 구경하세요."

문이 안에서 열렸다. 젊은 여자가 그를 쳐다보며 상냥하게 말했다. 순간 호균의 눈이 움직이지 못했다. 그는 공연히 수줍고 이유

없이 속이 달아올랐다. 가게 주인 최지수가 고개를 갸웃했다.

"들어오세요. 처음이신가 봐요."

지수는 손님이 안으로 들어올 수 있도록 몸을 벽에 붙이고 문턱을 훤히 틔웠다. 호균은 지수의 태도 때문에 자신도 이 여자를 처음 본다고 생각했다. 금방 마음이 그렇게 바뀌었다.

지수는 당황스런 표정인 남자 손님에게 둥근 간이 의자를 내줬다. 그가 의자에 엉덩이를 대고 사방을 돌아보았다. 흥분으로 얼굴이 붉어졌다. 그는 사람들이 살아가는 데 이런 물건들도 소용이 될까 싶은 나비들과 사기로 만든 신발과 갖가지 동물 모형들, 엄지손가락 같은 사슴 토끼 따위를 바라보았다. 이런 것이 소용되는 삶은 어떤 것인지 그에겐 상상이 되지 않아 신기하였다.

"장난 같지요?"

"네. 아니요. 재밌습니다."

호균은 두서없이 대답하고 웃으며 물었다.

"이런 건 누가 사 갑니까?"

"사람들요. 여자들. 여학생들. 엄마들."

호균은 지수의 독특한 대답을 들으며 머릿속으로 다시 한 번 훑었다. 사람들, 여자들, 여학생들, 엄마들. 그는 자신이 어디에도 속하지 않는다는 걸 깨달았다.

호균은 진열장 모서리에 매단 주먹만 한 탈을 바라보았다.

"저런 건 누가 사 갑니까?"

"나비요?"

"아니, 탈바가지 말입니다."

호균이 손가락질해 보였다.

"엄마들. 여학생들이 사요. 가끔 남학생들도 사요."

"남학생도 오네요."

"그럼요. 요새 학생들은 선물 주고받는 걸 즐기는 거 같아요. 습관이 됐나 봐요. 선물 받고 주는 게."

지수가 조금 전 유치원 다닐 나이의 아이가 마구 헝클어뜨리고 간 나비들을 가지런히 늘어놓으며 아무렇지 않게 말했다. 하지만 호균은 선물을 주고받는 것을 즐기는 요즘 아이들에 대한 '이질감' 때문에 점점 얼굴이 달아올랐다. 자신은 누구에게 선물을 한 적도 받은 적도 없다고 생각했다.

가지런히 추린 나비들을 지수가 벽에 매달았다. 잠시 나비들이 날기라도 하듯 출렁거렸다.

"어디다 쓰지요?"

호균은 궁금하고 기이해서 물었다.

"애기 방에 걸어요. 이걸 천장이나 줄에 매달아 놓으면 애기들이 바라보고 놀거든요."

지수가 나비 줄을 흔들었다. 나비들이 흔들렸다. 아기와 나비와 엄마. 호균은 잘 쓰지 않는 낱말들이었다. 따뜻한 이불에 감싸여 머리 위에 매달린 나비의 춤을 바라보는 아기의 평화는 호균에게

상상만 해도 낯설고 어색한 것이었다.

"돈은 잘 벌립니까?"

호균이 정색을 하고 물었다.

"장사를 하면서 돈 벌 생각을 하지 않으면…… 그건 허영이라
구…… 어머니가 그렇게 말하세요. 그렇지만 전 아직두 내가 돈
을 번다고 생각하면 가슴이 조여드는 게 부끄러워 죽겠어요."

지수가 정말 얼굴을 붉히며 말했다. 호균은 지수가 말한 '어머
니'에 대해 상상하였다. 그런 말을 하는 어머니는 어떤 어머니일
까. 학교 선생일까? 직업을 가졌을 터인데 교사 이외의 직업은 떠
오르지 않았다. 그래서 그는 물었다.

"어머니가 일을 하시지요?"

"어떻게 아시죠?"

지수가 눈을 번쩍 떴다.

"직업두 맞춰 볼까요? 학교 선생님이시죠?"

호균은 득의만만하게 말했다.

이때 손님이 들어왔다. 오이 봉투를 든 젊은 주부였다. 손님은
가르마 타는 뿔이 달린 빗을 찾았다. 시장에서 사니까 금방 부러
져서 못 쓰겠더라고. 자신은 고급을 찾는다는 티를 냈다. 지수는
빗 종류가 담긴 바구니를 내놓았다. 손님은 이것저것 들고 빗질을
해 보았다.

호균은 자기가 왜 여기 이렇게 눌어붙어 있는지, 그래도 되는 건

지 판단이 서지 않아 어색하기 그지없었다. 가겠다고 인사하자니 지수가 물건을 파는 데 방해를 하는 것 같고 그냥 나가자니 아쉬웠다. 하지만 엉거주춤 이렇게 있는 것도 여간 쑥스럽지가 않았다.

손님은 빗 하나가 2천 원이면 너무 비싸다면서 그냥 나갔다.

"입 품도 나오지 않겠군요."

호균이 위로랍시고 말했다.

"필수품이 아니니까 보통 저래요. 돈 타 쓰는 여학생들하고 처녀들하고 젊은 애기 엄마들이 고객이지요."

지수가 설명하였다.

"제가 점을 잘못 쳤나요?"

호균이 애기를 돌렸다.

"무슨 점요?"

"아까 어머니 직업 말한 거 말입니다."

"물론요! 틀렸어요!"

칼질하듯 지수가 말했다. 토라진 것처럼 보였다. 호균은 괜스레 민망했다. 그는 돌아가기로 마음을 먹었다.

"저두 뭘 하나 사야겠어요."

"사러 오신 것두 아닌데 그냥 가세요."

"그래두 실컷 앉아 있었으니 자리 값은 해야지요."

"괜찮아요."

"전 사구 싶습니다. 아무거나 권해 보십시오."

"애기 있으세요?"

"애기라니요?"

"애인은요?"

"없습니다."

"여자 친구는요?"

지수가 장난스럽게 다그쳤다. 호균은 명희, 미애, 애란, 경화, 향숙, 정옥…… 등 매춘부들의 이름을 떠올렸다. 그리고 그는 씩 웃었다. 그러면서 장식품들을 살펴보았다. 머리핀, 빗, 장식 옷핀, 귀고리, 목걸이, 반지, 탈, 사람과 동물 인형들……. 호균은 그것들 중에서 옥돌이 박힌 머리핀 하나를 골랐다. 지수가 소리 없이 웃으며 정성껏 포장했다. 호균은 연두색 포장지를 눈여겨봤다.

"연두색을 좋아하시죠?"

호균이 물었다. 지수가 그를 쳐다봤다. 잠깐 쳐다보고 외면했다가 다시 쳐다봤다. 웃었다. 이 여자는 다르다, 호균은 생각했다. 그가 여태 보아 온 여자들과 뭔가 다른 데가 있었다. 맑고 부드럽고 따뜻하고 당당했다.

"알았다! 클레오파트라 단골손님!"

지수가 소리쳤다. 호균은 클레오파트라는 맞고 단골손님은 틀렸다고 속으로 고쳐 주면서 지수가 내미는 선물 포장을 받으며 지수를 쳐다봤다. 순간 지수는 호균의 얼굴에서 뭔가 낯이 익은 느낌을 느꼈다. 순식간에 이 남자에 대한 정보들을 떠올렸다. 지수의 여고 선배 언니인 클레오파트라 주인은 이 남자가 외지 사람이라고 했었다. 어쩌면 대학 강사이거나 논문을 쓰러 온 대학원생일지 모른다고. 틀림없이 그렇다고. 자기 짐작이 맞을 거라고. 인상이 그렇다고 했었다. 그래. 그렇네. 지수는 생각하며 호균이 내놓은 돈을 받아 계산하고 거스름돈을 내줬다. 호균이 거스름돈을 주머니에 집어넣으며 지수를 다시 똑바로 쳐다봤다.

"이거 가지세요."

호균이 포장을 지수 앞으로 밀어 놓으며 말했다. 지수가 눈을 동그랗게 뜨고 쳐다봤다.

"안 돼요!"

지수가 화끈 달아오른 얼굴로 소리쳤다. 손을 내저으며 아기 주먹만 한 포장을 호균의 주머니에 넣어 주려 하였다. 그러나 어림없었다.

"전 이런 걸 줄 사람이 없습니다."

"찾아보세요."

"그냥 가지세요. 이건 값도 참 싸네요. 제가 잠깐이나마 구경 잘 했고 편하게 앉아 있었으니 그냥 아무 부담 가지지 말고 받으세요. 혹시 이런 게 실례일진 모르겠습니다."

호균이 느리고 낮은 목소리로 차분차분 말했다. 지수는 머리핀 포장을 들고 마음을 정하지 못해 눈을 내리깔고 침묵했다. 2, 30초는 지나서였다. 지수가 물건 값 2천 원에서 천 원을 도로 내놓았다.

"정 그러시면 본전만 받겠어요."

망설이던 지수가 말했다. 호균은 갑자기 유쾌해졌다. 천 원짜리 종이돈을 주머니에 넣으며 그가 문득 낮게 어떤 노랫가락을 흥얼거리기 시작했다. 어떤 날 아침에 생각 없이 흥얼거리게 된 노래를 종일 그렇게 하게 됐다.

……당신께 예쁜 걸 사줄 돈은 없지만 달빛을 엮어서 목걸이와 반지를 만들어 줄 순 있으리. 천 개의 언덕 위에 비친 아침을 보여주고, 입맞춤과 일곱 송이 수선화를 주리니.

가난한 노동자의 사랑 노래를 흥얼거리며 호균은 언제 상점 거리를 지나왔는지 몰랐다. 선물의 집 바다는 그저 유쾌한 기분으로 녹아서 이미 그에겐 없었다.

4

지수는 자신도 모르는 사이에 실눈을 떴다. 밝은 기운이 가득 차서 방 안이 터질 것 같았다.

벌써 아침이야! 아침이라는 걸 깨닫는 순간, 지수는 눈살을 찌푸리고 팔베개에 얼굴을 파묻었다. 다시 잠들어서 '아무것도 모르는 상태'가 되기를 바랐다. 그러나 감긴 눈꺼풀 틈새로 아침 기운이 밀려와서 아지랑이처럼 보글거렸다. 지수는 팔뚝에 눈을 댔다. 아프도록 눈두덩을 짓이겼다.

벌써 며칠쨴지 몰랐다. 쓰러질 듯 잠자리에 들면 갑자기 여러 가지 감정이 불끈불끈 솟구쳐서 한동안 휘둘렸다. 어제도 자정을 훌쩍 지나 두세 시 넘도록 뒤치었다. 뒤치면서 이제 더 이상 이런 불확실하고 소모적인 갈등에 시달리지 않겠다, 결심했다. 신호균이라는 남자는 심심해서, 그저 지나가다 들렀을 뿐이다…… 그런 남자는 세상에 널리고 널렸다. 클레오파트라 선배 언니만 해도 그런 남자에 치여 죽을 지경이지 않은가.

지수는 처음에는 호균이란 남자가 값싼 머리핀 하나쯤 남기고 간 것에 그리 신경 쓰지 않았다. 좀 생뚱맞긴 해도 그런 괴짜도 있으려니 여겼다. 그런데 하루가 가고 이틀이 지나면서 점점 더 그날 호균의 말투며 표정이며 행동이 새록새록 기억나는 것이었다. 왜 그런지 몰랐다. 처음엔 가게에 가서 손님이 없을 때 핀을 만지작거렸다. 그 남자는 서울 사람인가? 무얼 전공했을까. 박사 논문을 준비 중인가? 탄광이나 항구에 대해서.

가족은 많을까? 몇 째 아들일까. 부잣집? 애인이 없다는 게 사실일까? 어디서 본 것처럼 왜 낯설지 않았을까? 생각에 생각이 꼬리를 물었다.

어느 날 지수는 머리에 핀을 꽂았다. 거울을 보고 여러 모양으로 핀을 꼽아 보았다. 손끝에, 머리카락에, 자신의 표정에, 그 남자가 묻어났다. 깜짝 놀랐다. 하지만 단골손님이 오거나 친구를 만나면 높은 목소리로 물었다. 이 핀 어때? 어울린다는 말을 들으면 왜 그런지 가슴이 아렸다. 엊그제부터는 누구에게도 핀에 대해 묻지 않았다. 하지만 눈길이 늘 부산하게 문밖을 더듬었다. 어떤 때는 그가 불쑥 나타날 것 같아서 손님에게 집중하지 못했다. 지수는 그런 자신이 싫었다. 부끄러웠다. 그 남자는 자신과 어울리지 않는다고 생각하기 시작했다. 자신은 시골의 여고를 졸업했고 생선 장사를 하는 홀어머니와 살며 아버지는 얼굴도 모르고 친척도 없고 키도 작고 얼굴이 까무잡잡하다고 갖은 탈을 잡았다.

아직 팔뚝에 눈두덩을 비벼 대고 있을 때 방문이 열렸다. 눈을 뜨나 마나였다.

"요새 고단한 모양이구나. 좀 더 자라."

지수의 어머니 계옥은 잠이 부족해 안달하는 것처럼 보이는 딸에게 말했다. 하지만 속엔 근심 하나가 불쑥 고개를 쳐들었다. 며칠 전 지수가 지나가는 소리처럼 한마디 했다. 괜찮은 남자가 있더라고. 공연히 느낌이 안 좋아 더 묻지도 않았다. 필경 지금 저 애가 몸을 추스르지 못하는 게 그 말과 상관있으려니 여겨져 속이 상했다. 그래도 내색하지 않았다.

"엄마, 아직 안 나갔어?"

지수가 눈살을 쪼프리고 물었다.

"더 자라."

계옥은 대답 대신 문턱에 들여놓았던 발 한 짝을 되끌어내었다.

"엄마 왜 안 나갔어?"

지수는 일어나 앉으며 계옥을 쳐다보았다. 중앙 시장에서 생선 장사를 하는 계옥은 언제나 새벽에 집을 나갔다.

"엄마 어디 갈려구?"

지수가 눈을 바로 뜨고 물었다. 계옥은 머리를 단정하게 빗질해 뒤로 넘기고 얼굴도 깨끗하게 손질한 모습이었다. 생선 비늘이 묻은 투박한 겉옷을 입던 것만 보다가 이런 모습을 보자 왠지 불안

해졌다.

계옥은 선뜻 대답하지 않았다. 며칠 전부터 오늘의 친정 나들이를 딸에게 뭐라고 설명해야 할지 맘을 정하지 못해 심란해하고 있었다.

"바다 날씨가 나쁘단다."

계옥은 딱히 그럴 필요도 없건만 거짓말을 했다. 지수는 세수를 하고 계옥은 곧 김치와 콩나물국과 지진 이면수를 얹은 밥상을 차려왔다.

"엄만 오늘 어디 좀 갔다 올란다."

"어디 엄마?"

계옥은 대답하지 않았다.

"언제 오는데?"

"해 안에 와야지."

"어디 가는데 엄마?"

"어디 간다문 니가 아니?"

계옥은 낮게 얼버무렸다. 아침을 먹고 상을 치우고 사람들 눈에 띄지 않게 경찰서에 들러 보안과 형사에게 고향 다녀온다는 보고를 하면 끝이었다. 그리고 정류장에 나가 고향 가는 버스를 탈 것이었다. 잊고 살 땐 영원히 사라졌다 여긴 그리움이 너무도 생생하게 활활 타올라 계옥은 사람의 감정이란 것에 새삼 놀랐다.

지수가 여덟 살이 되었을 때였다. 외숙모 보고 싶니? 물은 적이 있었다. 지수는, 외숙모가 누군데? 하고 되물었다. 계옥은 속으로, 이제 되었다고 마음을 놓았었다. 그래 지수야. 너는 아버지가 없듯 일가친척도 없단다…… 사람은 이렇게도 살아가게 된단다…… 네가 커서 사람들이 서로 어떻게 부대끼며 살아가는지를 알게 될 때, 그때 이 어미가 사실과 진실들을 알려 줄 테니. 아직 너는 아무것도 모르는 채 살렴.

계옥은 비로소 딸로부터 아버지와 일가친척의 뿌리를 잘라 내는 일에 성공했다고 믿었다.

반 시간쯤 뒤에 어머니와 딸이 함께 번듯한 2층집을 나섰다. 마당이 딸린 여든일곱 평짜리 이 집은 지수가 고등학교를 졸업하고 세무서에 취직을 한 다음 계옥이 살던 집을 팔고 저축한 돈을 보태 장만한 집이었다. 반지하가 낀 집인데 지하는 창고로 쓰고 아래층엔 출입구를 달리해서 두 집이 살고 2층은 고등학교 선생네에 세를 놓았다. 세만 받아서도 모녀가 살기엔 부족하지 않았다. 그러나 일하지 않으면 사는 것 같지 않다는 게 계옥의 생각이었다.

지수가 대학 시험 1차에서 떨어지고 그만 대학을 포기한다고 했을 때, 계옥은 앓아누웠다. 쌀 한 톨 버리지 않고 돈을 모은 건, 딸의 대학 학비와 결혼 비용을 마련하고 자기 죽은 뒤에라도 딸이 구차하게 살지 않게 할 목적이었다.

지수와 헤어진 뒤 계옥은 쥐도 새도 모르게 보안과를 거쳐 버스 정류장에 닿았다. 버스가 이내 왔다. 중간쯤에 자리 잡고 앉았다.

보통 사람들 틈에 끼어 티 나지 않게 사는 것이 계옥의 처세였다. 햇살이 치마폭으로 쏟아졌다. 계옥은 등허리를 등받이에 대고 꼿꼿하게 앉았다. 직행 버스인데도 자주 섰다. 계옥은 흔들리는 차창으로 스치는 풍경을 바라보았다. 문득 형무소의 감방에서 목숨을 느끼게 했던 고양이시금치를 떠올렸다. 여태 한 번도 기억한 적이 없던 것이었다. 창살로 조각낸 창에서 내다보면 창 옆의 시멘트 벽에 반 뼘쯤의 턱이 있었다. 쌓인 먼지 위로 고양이시금치가 싹을 틔우고 작은 줄기 두 개를 뻗쳤던 것이다. 그맘때 계옥은 감방에서 낳아 한 해 동안 젖 먹여 길러서 내보낸 지수가 잘 자라고 있다는 편지를 가끔 받았다. 어미 낯을 익힌 아이가, 낯선 곳에 가서 잘 자란다니. 고양이시금치 키우며 어미 노릇 못하는 자신을 어루만졌다.

남편의 이름 '지용'의 첫 자를 따서 지은 딸의 이름 지수. 먹는 게 부실해도 한 통 가득 젖이 차서 감방의 동료들이 신기하다고 얘기하던 젖이, 지수를 내보내고 나니 젖 먹이던 때만 되면 팅팅 붓고 나중에는 화끈화끈 열을 뿜으며 화를 돋우었다. 아무리 짜내도 어찌 아이가 빨아 대는 성에 비하랴. 계옥은 울면서 젖을 짜냈다. 양동에서 살며, 남대문 시장에서 소매치기나 장꾼들 보따리를 날치기하다 들어온, 입으로 젖을 빨아 주던 짱구 엄마. 서울역전 창녀촌 양동에서 산다고 했다. 남대문에서 소매치기 들치기 하다가 잡혀 와서 몇 달 살고 나갔다. 잊혀지지 않았다. 몸집은 두리두리 해도 손짓은 날렵해서 남자 바지 뒷주머니에 손을 넣어 지갑을 훔치는 흉내를 내면 재소자들이 모두 숨을 죽이고 탄복했다.

지수를 내보내고 두 해가 더 지나서였다. 계옥도 모르게 두 번이나 월북했다는 남편 최지용은 간첩죄로 사형당했다. 바로 그 밤 잠을 자다가 별똥별이 지는 것을 봤다. 무섭지도 않은 꿈이건만 가슴이 시렸다. 나중에 바로 그날 새벽 최지용의 사형 집행이 있었다는 소식을 들었다.

뚫린 지 10여 년이 된 고속도로 주변은 단정하고 깔끔했다. 숨어 살아 보겠다고 초라한 이삿짐을 싸 들고 아이 하나를 업고 이 길을 지날 땐 자갈이 튀고 군데군데가 파인 흙길이었다. 자동차는 산비탈과 개울가와 마을 가운데를 지나 흙먼지를 집채만큼씩 일구며 다녔다. 그 좁고 꼬부라진 국도는 어디 있을까. 구부러진 길을 쭉쭉 젓가락처럼 펴서 아스팔트 길을 낸 세월 동안 계옥은 딸아이 하나와 목숨 부지하겠다고 하늘 한 번 쳐다보지 않고 곁눈질 한 번 하지 않고 부두와 어시장을 쳇바퀴 돌듯 살아왔다. 태풍 경보가 나면 쉬고 그런 날은 이불 빨래와 장롱 정리를 했다. 빨래를 하다가 밥을 짓다가 생선 함지를 이고 달리듯 걷다가 계옥은 자신이 어머니와 똑같다는 걸 느끼곤 하였다. 친정어머니 돌아가신 지 벌써 스무 해가 넘었는데, 지금 그는 자신 속에 고스란히 어머니를 품고 있는 것이었다.

그날 계옥은 4년 만에 세상으로 나와서 친정집 마당을 들어서

다가 열어젖힌 방문턱에 부처처럼 앉아 있는 어머니를 보았다. 저녁 무렵 땅거미가 내리고 있었는데 계옥의 눈엔 어머니의 눈에서 불이 피고 있는 듯이 보였다. 어머니는 잡아당겨지듯 다가오는 딸을 보고 다만 아랫입술을 깨물고만 있었다.

앉은뱅이 어머니. 방문턱에 나와 앉아 두 손으로 문지방을 악착같이 움켜잡고 있었다. 사변 통에 남편과 외아들을 잃고서도 눈 부릅뜨고 사시던 어머니가, 간첩이 된 사위가 잡히고 딸과 사돈 집안이 양미리 두름으로 엮여 잡혀갔다는 소식을 듣고 앉은뱅이가 되었다.

감옥을 나온 계옥이 댓돌에 무너지듯 주저앉아 등짝만 들썩이며 소리 죽여 울어도, 어머니는 아무 말도 하지 않았다.

"그래 욕봤다아, 욕봤으니 팔자 땜했다. 다 끝났다!"

어머니가 무겁고 묵직하고 화를 누른 목소리로 말했다.

"어머니, 불효자식입니다."

계옥은 이 말밖에 못했다. 이때까지만 해도 계옥은 어머니가 앉은뱅이가 됐다는 걸 몰랐다.

"지수야, 이리 온."

어머니가 아이를 불렀다. 계옥의 귀가 번쩍 뜨였다. 고개를 추켜드는데 어머니가 말했다.

"에미야, 니 새끼가 여기 있다!"

겁을 먹은 맑은 눈. 봄날의 귀여운 새싹 같은 아이가 외할머니와

숙모 사이에 서 있었다. 하지만 그 애는 외숙모 등 뒤로 숨었다.

"그만 울어요, 아기씨. 이렇게 좋은 날……."

올케가 말했다.

"그냥 둬라. 여북했겠니. 운다구 풀릴 수만 있다면 석달 열흘이라두 울거라 울어!"

어머니가 말했다.

버스는 해안선으로 접어들었다. 푸르디푸른 바다가 햇볕을 받아 반짝이고 1, 20년생 해송이 싱싱하게 자라고 있었다.

내가 이 길을 따라 내려갔던가. 바다는 그저 저기 저렇게 있는데, 다만 사람들은 그 곁을 지나서 끼리끼리 모여 살고 흩어진다.

계옥은 차창 유리에 이마를 대고 내다보며 이런 생각에 젖어들었다.

사람이 태어나서 한평생 살다가 떠나가는 세상이다. 태어나고 살고 죽는 것이 평화로울 수는 없을까……. 계옥은 예순 해 가까이 살아온 자신의 삶을 한순간에 떠올렸다. 가슴에 불안과 조바심이 켜로 일어나면서 싸한 통증을 느끼게 했다.

계옥은 앞으로 자신이 더 살 날을 헤아려 보았다. 한 치 앞을 내다볼 수 없는 목숨이었다. 그저 사람들 살아가는 대로라면 1, 20년 더 살까. 죽으면 끝인걸. 그 끝이 매달린 세월들. 어린 날과 청춘기, 전쟁과 혼인, 짧은 신접살림, 그리고 십수 년의 생과부살이.

출소 후엔 두더지같이 살았다. 새끼 하나 품에서 잃지 않으려고……. 살아온 날들이 첩첩산중 같았는데 꼽아 보니 간단했다. 헛웃음이 지어질 지경이었다. 목숨이라는 게 죽어지면 그만인걸 이렇게 두렵고 고통스럽고 안타깝게 살아야 하는 건지. 사는 것이 즐겁고 기쁜, 그런 평화로운 세상은 없을까. 사람들이 어진 세상…….

계옥은 한참을 오락가락하다가 겨우 어머니의 산소를 찾아냈다. 묏둥지는 아무렇게나 마구 자란 떼와 풀로 쥐집처럼 엉겨 있고 봉분도 짜부라져 보였다. 이렇게 10년만 지나면 누가 여기를 묏자리로 여길까.

계옥은 산소 앞에서 또 한 번 '불효'를 생각하였다. 그가 출감해서 돌아온 날 댓돌에 엎디어 뼈 시리게 느꼈던 '불효'였다. 사람의 형체는 떠나가고 다만 그리움과 추억으로만 남는 것이 인생인가? 계옥은 떼 틈에 집을 지은 개시금치를 쥐어뜯고 잡풀을 뽑아 던졌다. 그리고 제수를 차렸다. 종이 잔에 술을 치고 재배를 드렸다.

계옥은 참나무 가지 사이로 하늘을 보았다. 이제 내려가 봐야 했다. 술을 무덤가에 고루 뿌리고 먹을 것은 여기저기 흩뿌렸다. 계옥이 아이를 데리고 아무도 모르는 곳에 가서 이름 석 자 바꾸고 살아 보겠다고 했을 때, 에미야, 잘 생각했다! 어디 가서 꼭꼭 파묻혀 살거라. 새끼 하나 얻었으니…… 하늘이 내린 은혜인 줄 알거라……. 걷지 못해 문턱에서 배웅하던 어머니가 피눈물을 뭉쳐서 딸과 손녀를 위해 축원한 말이었다.

어머니, 근심 걱정 다 사라졌어요. 편안하게 쉬세요.

계옥은 절을 하고 나서도 쉽게 발을 떼지 못했다.

계옥은 세상에 딸 하나, 씨앗으로 떨군 남편이 그리웠다. 그 딸, 티 나지 않게 키워 평범한 집에 혼인시켜 또 대를 잇게 한다면 죽어서라도 남편 보기 떳떳할 것이었다.

5

지수의 가게 진열장에 환한 조명등이 켜져 있었다. 불빛만 보아도 계옥은 설레고 반가웠다. 하루 일을 마치고 지쳐 꼬부라질 것 같은 몸으로 돌아오면 골목 어딘가에서 지수가 튀어나와 몸빼 자락에 매달렸다. 냄새난다. 만지지 마라! 소리치고 피하듯 몸을 빼도 지수는 마치 거머리처럼 달라붙었다. 온종일 어묵 공장에서 허드레 생선을 주무르다 와서, 매달리는 딸을 안아 주지도 못하고 이렇게 소리치는 것만도 속이 찢어졌다.

그때 지수의 맘이 이랬겠지 싶게 계옥은 가게에서 겨우 제 용돈이나 버는 딸의 노고가 하늘처럼 여겨졌다.

계옥은 힘차게 문고리를 잡아당겼다. 문이 열리는 순간 계옥은 젊은 남자와 눈이 마주쳤다. 계옥의 몸이 이유 없이 굳었다. 당연히 손님이려니 생각해야 할 걸 트집 잡고 헤쳐서 갈피갈피 뜯으려는 심사가 스스로도 우스웠다. 그런데 아주 그렇게만 여기지 못할 것이 있었다. 젊은 남자의 얼굴에 당황한 빛이 절실해서였다. 아무래도 그 기색이 맘에 걸렸다.

"엄마아 이제 오세요?"

지수는 한발 늦게 계옥을 알아보고 어리광이 비긴 목소리로 물었다. 계옥은 딸의 얼굴을 쳐다보았다. 전에 없이 흥분한 기색이 역력했다. 계옥의 얼굴에 걱정이 고였다. 걱정을 다스리지도 못했는데 지수가 호균을 소개했다.

"엄마 인사해요. 단골손님이세요."

"안녕하십니까. 신호균이라고 합니다."

호균이 새삼 고개 숙이고 인사했다. 그러나 쏘아보는 계옥의 눈을 한사코 피했다. 계옥은 그런 태도가 걸렸다. 뭔가 떳떳치 못한 게 있을 것이라고 생각했다. 지수가 불안하도록 입을 닫고 있다가 물었다.

"뭘 하시는 분인지요?"

"공부해요!"

지수가 소리쳤다. 호균의 얼굴이 붉어졌다. 순간 계옥은, 아니다, 그런 사람이 아니다, 라고 마음에 확실하게 썼다. 계옥의 눈빛은 마음보다 더 날카롭고 표정은 냉정해졌다.

"그만 가야겠습니다."

호균이 말했다. 지수가 울상을 지으며 어머니와 호균의 얼굴을 번갈아 보다가 계옥의 귀에 속삭였다.

"엄마, 내가 왜 말한 적이 있지요? 괜찮은 남자 봤다구 그랬잖아요. 그 사람이야."

지수가 손 가리개를 하고 속삭였지만 계옥의 귀엔 제대로 들리지 않았다. 듣고 싶지 않았다.

"알았지?"

지수는 제 기분에 들떠서 어머니의 마음은 한 치도 헤아리지 못하고, 알았지? 하였다. 계옥은 그저 무난하게 웃어넘기려고 미소 지었다. 호균의 인상이 어둡고 뭔가 깊이 응어리진 게 있어 내키지 않았지만 예의를 지킬 생각이었다. 더군다나 호균이라는 청년은 이목구비 어디 하나 나무랄 데가 없었다. 계옥은 산이 높으면 골이 깊고 바다에서 숭늉을 찾는 사람이 그르다고, 처음 본 청년에 대해 냉혹해지는 자신을 나무랐다. 그리고 일단 관심을 돌렸다.

"지난번 물건 해온 게 이거냐? 이건 귀신 바가지 같구나."

계옥이 주먹만 한 탈을 보고 말했다.

"전 그만 가 보겠습니다!"

이때 호균이 결연하게 말했다.

"왜요?"

지수는 놀라고 섭섭해서 어쩔 줄 몰랐다. 계옥은 다급하게 두 사람의 표정을 살펴보았다.

"엄마. 호균 씨는 여기 살지 않아. 엄마도 보고 알았지? 다르게 보이잖아. 토박이 같지가 않잖아!"

홍분을 감추지 못하고 지수가 서둘러 말했다.

"토박이가 어때서?"

계옥이 웃음 섞어 나무랐다. 청춘이 좋다는 건 물정을 헤아리지 못해서 일 게다. 그게 청춘이로구나. 계옥은 지수를 보고 이렇게 생각했다.

"공부하는 분이에요. 논문을 쓰러 잠깐 와 있어. 그전에 여기 토질 조사해서 박사 논문 쓴다는 연대 다니는 학생도 있었어. 그렇게. 나두 따라서 동굴 보러 갔었다고 말했잖아요."

계옥은 습관처럼 머리만 끄덕였다. 지수의 말대로라면 우리와는 더더욱 맞지 않는 사람이 아닌가. 계옥은 마땅찮아 벽의 장식들을 쳐다보았다. 이때 호균이 단호하게 일어섰다.

"아무래도 가 봐야겠어요. 누굴 만나기로 해 놓구 깜박 잊고 있었습니다."

호균은 둘러 말하고 자신을 외면한 계옥에게 허리 굽혀 인사했다. 그리고 가게를 도망치듯 나갔다. 지수가 엉겨 붙듯 따라 나갔다.

계옥은 엉겁결에 일어났던 의자에 다시 털썩 주저앉았다. 심란하기 그지없었다. 품 안의 자식이라는데…… 이 애가 몇 살이냐. 남자한테 신경을 쓰고도 남을 때지…… 계옥은 허물어지지 않으려고 마음을 꼿꼿하게 세웠다. 하지만 토박이가 아니라는 청년,

어찌 보면 나무랄 데 없는 미남이고 어찌 보면 이지러진 그늘이 짙던 청년. 논문을 쓰러 왔다구. 서울 사람인 모양이지. 나이는…… 스물댓은 넘어 보이던데…… 언제부터 알고 지냈을까? 별일이야 있을라구. 딸자식을 아들 삼아 길러 놓구…… 내가 샘을 하나?

계옥의 마음이 서글프고 쓰디썼다. 호균의 인상에 대한 불길한 느낌이나 딸에 대한 불안감을 모두 자신에게 돌려놓고 안심하려 했다.

잠시 후에 지수가 두 손을 깍지 껴서 정수리를 내리누르듯이 하고 돌아왔다. 투정이 가득 배인 표정이었다. 계옥과 눈이 마주치자 어색하게 입술을 삐죽 내밀어 보였다.

"갔니?"

계옥이 짐짓 아무렇지 않게 물었다. 지수가 고개를 끄덕거렸다. 그리고 벽에 걸린 장식용 사진들을 신경질적으로 건드렸다. 계옥에겐 딸의 뒷모습만 보였다.

"괜히 내가 와서……."

계옥이 풀 죽은 목소리 중얼거렸다.

"엄마는!"

지수가 소리치며 뒤돌아서서 어머니를 바라보았다. 지수의 눈에 눈물이 그렁그렁 찼다. 계옥의 가슴이 미어졌다. 아슬아슬하게 강을 건너는 딸의 뒷모습을 지켜보는 그런 기분이었다. 계옥이 딸

에게 손을 내밀었다. 손끝이 흔들렸다. 입술을 깨물고 섰던 지수
가 어머니의 무릎 사이에 고개를 묻었다.

호균은 침을 뱉었다. 어디 가서 되게 입가심을 하고 싶은 기분
이었다. 지수네 가게에 들른 것이 후회스럽고 화가 치밀었다. 느
닷없이 문을 열고 들어선 아주머니의 찌르는 시선을 받았을 때는
피할 수도 없고, 그저 식은땀이 흐를 지경이었다. 택시를 잡아 타
고도 으깨진 기분은 바로 잡아지지가 않았다. 길은 어둡고 어쩌다
화물차가 지나갔다. 호균은 어두운 차창 밖을 쏘아보았다.

어릴 땐 점심시간이 곤욕이었다. 넷째 수업이 끝나기 무섭게 자
리를 뜨면 괜찮은데, 어쩌다 책상 치우는 게 늦어져서 아이들이
도시락을 꺼내 놓고 먹기 시작할 때면 벌써 몸이 뻣뻣하게 굳는
것이었다. 모든 아이들이 점심을 먹을 때, 나만 먹지 못한다는 사
실, 점심을 먹지 않는 것이 체중 조절이나 하루 두끼 식사 취향 때
문이 아니라 '가난' 때문이라는 게 여지없이 드러날 때, 밥을 먹는
아이의 호기심 어린 눈길과 마주쳤을 때 호균은 '죽고' 싶었다.

그리고 그때, 대쪽 칼로 양귀비 씨방에 칼집을 내다 허리를 펴
는 순간 섬뜩하게 찌르던 눈빛, 낯선 남자의 눈길에 호균은 자지
러졌다. 그는 도라지 꽃 흐드러지게 핀 가운데에 홀연히 서 있었
는데 마치 횡액의 표적 같았다. 마약 사범은 이 지구 어디에서도
받아 주지 않지. 죽기 전엔 팔자 고칠 생각하지 말게. 동네에선 다
착실한 청년이라고 하던데. 그가 이렇게 말하지 않고 호균을 동정

했다면…… 호균은 요즈음도 불길한 꿈을 꾸고 나면 이 순간을 떠올렸다. 가끔 그 자리에서 죽었어야 했다고 생각할 때도 있었다. 올해 초 경찰서에 새로 부임한 윤 형사가 꼭 그런 느낌이었다. 도 경찰국까지 진출했다가 '좋지 않은 일'로 좌천되어 왔다는 윤 형사와 인사를 하고 돌아서는 순간 호균은 도라지 밭에서 쏘아보던 그 남자를 떠올렸다. 윤 형사는 한 술 더 떠서 너의 미래까지도 내 한 손에 들어 있다는 태도를 보였다. 언제나 그 점만은 한결 같았다. 호균은 윤 형사가 불안하고 싫었다. 그의 범죄 경력으로 이런 곳에 산다는 것 자체가 무모한 선택일 것이었다. 그러나 호균은 자신의 생에서 바라지 않았다. 아름답거나 행복한 모든 것에 대하여.

택시가 시내로 접어들었다. 항구 카바레와 나이트클럽의 네온 간판이 번쩍거렸다. 벌거지들은 룸에 들어가 있겠지. 호균은 생각했다. 세관과 시청과 경찰서의 우두머리들은, 보통 사람들은 있는지 없는지도 모르는 은밀한 방에서 그들만이 알 수 있는 이권과 정보를 주고받으며 주지육림을 즐길 것이고, 그들보다 지체 낮은 관리는 포주와 내통해서 화대 없이 한탕 뛰고 아무 일 없었던 것처럼 시침 뚝 떼고 점잖게 돌아갈 것이었다. 사람 사는 세상은 언제나 빙산 같아서 눈에 보이는 건 작고 전체를 알려고 하는 건 장님이 코끼리 다리 만지는 것과 다르지 않았다.

호균은 항구 도시의 밤거리로 스며들며 우울하고 어둡고 역겨운 감상에 빠져 들었다. 택시에서 내려 휘적휘적 걷는 그는 갑자기 이 거리가 싫어졌다. 그렇다고 가고 싶은 데도 없었다. 반 시간 전만 해도 그를 낯선 감정에 젖게 하던 선물의 집 바다와 지수라는 여자, 그리고 날카롭고 깔끔한 인상의 아주머니 계옥은, 벌써, 쉽게, 잊었다.

얼마를 걸었을까. 누가 뒤에서 호균의 팔을 잡아 젖혔다. 호균이 화들짝 놀라며 뒤를 돌아보았다. 명희가 웃고 있었다. 호균은 명희가 반가웠다. 이를 드러내고 웃었다.

"왜 이렇게 놀래? 놀랠 일이라두 있어?"

명희가 바짝 붙어 서서 말했다. 호균은 자신도 모르게 손바닥으로 얼굴을 문질렀다. 손바닥에 근육이 뻣뻣한 감촉으로 닿았다. 그는 휴우 한숨을 내쉬었다. 다 끝냈다, 순간 그게 무엇인지도 모른 채 이런 생각이 들었다.

"어디 갔었어? 하루 종일 안 보이던데. 어디다 샛살림 차린 거 아니야?"

"무슨 일 있어?"

호균은 샛살림이란 말은 감도 잡지 못하고 물었다.

"차암, 내 정신 좀 보게! 할 말은 까먹구 엉뚱한 말만 했네. 혹시 자기 조카두 있어? 뭐 형님 아들이라던데……."

명희가 호균의 눈치를 살피면서 말했다. 호균이 문득 걸음을 멈췄다. 그는 불안하게 사방을 두리번거렸다. 마치 조카를 찾는 것

처럼 보였다. 명희는 이런 호균을 처음 본 것 같아서 기분이 묘했
다. 이유 없이 가엽고 그저 서로 잘 되기를 바라는 처지여서 표정
만 보고도 슬프고 서럽고 속이 상했다. 비록 서로가 연인이 아니
어도, 친구가 아니어도, 피붙이가 아니어도 괜찮았다. 잘 되고 행
복하기를 바랄 뿐이었다. 명희는 입술을 달싹거렸다. 무언가 할
말이 있는데 떠오르지 않았다.

"조카라구?"

"그렇다니깐. 내가 자세히 물었어. 조카 있단 말 들은 적이 없
어서. 아이가 착하게 생겼더라, 자기 닮아서. 순진하구 답답한 거
있지."

명희가 말했다. 순진하고 답답하다는 말은 한편 맞기도 하고 한
편으로는 농담이기도 했다.

"지금 어디 있는데. 혼자 왔어?"

"내가 보관해 뒀으니깐 낭중에 보관료나 내라구. 알았지?"

"어딨냐니깐."

"여인숙 내실에 있어. 저녁을 먹일려니까 한사코 삼촌이랑 먹
겠단다. 고집도 피는 못 속여. 가봐."

명희는 이렇게 말하고 호균과 헤어졌다. 명희는 이제부터 바쁜
시간이었다. 부지런히 히빠리(손님을 끌어오는 일)해서 한 푼이라
도 더 벌어야 했다. 호균은 명희가 뒤처진 것도 모른 채 여인숙을
향해 다급한 걸음으로 걸어갔다. 어려울 때, 삼촌 찾아와. 삼촌 주

소는 너만 알고 있어. 솔거리에 갔을 때 조카 민석에게 주소를 적
어 주면서 당부했던 게, 그제야 생각났던 것이다.

6

파란 칠이 드문드문 벗겨진 낡은 여인숙의 나무 대문이 열려 있었다. 호균은 다섯 걸음에 마당을 지나 내실의 쪽문 앞에 섰다. 벌써 호균을 알아보고 민석이 바깥으로 나왔다. 호균에겐 그 애의 퀭한 눈부터 보였다.

"아이구야, 학생 이젠 살았다아!"

복도 끝 쪽에서 숙박계를 들고 나오던 종업원이 소리쳤다.

"오늘은 왼종일 어딜 갔었나? 아무 데두 없데? 도무지 봤다는 사람이 있어야지? 이 학생은 사람이 왜 그렇나아? 쫄쫄 굶구두 먹지 않겠다네. 삼촌이 와야 먹는다니……."

호균은 종업원을 쳐다보지도 않았다. 가자! 눈빛으로 민석에게 말했다. 그리고 둘은 등 돌리고 대문을 나섰다.

"쳇! 저 인간은 뭘 먹구살기에 늘 저렇게 시건방진가 몰라? 지나 내나 밑구녕에 붙어 먹구사는 처지에…… 씨팔놈……."

종업원은 호균의 뒤에 대고 욕을 했다. 호균을 주는 거 없이 싫어하는 사람도 많았다. 물 위에 기름 돌듯 한다며 불쾌해하기도 하였다.

민석은 호균의 등 뒤에 바짝 따라붙었다. 호균은 말 한마디 없었다. 골목은 비좁은 데다 어둡고, 쉰내와 땀내 같은 것이 들썩거렸다.

어두운 골목을 빠져나오자 화물차 한 대가 서 있는 큰 골목이 나왔다. 세탁소와 음식점들이 있었다. 길 쪽으로 환풍기를 낸 부산 돼지 갈비 집에서 고기 타는 내가 퍼져 나왔다.

"뭘 먹을래?"

비로소 호균은 고기 타는 냄새를 맡으며 입을 뗐다. 그의 목소리가 한없이 눅눅했다. 민석은 대답하지 못하고 웃었다. 허연 이가 다 드러났다. 호균과 눈이 마주치자 고개를 숙였다. 호균은 민석의 등을 밀고 갈비 집 안으로 들어갔다.

"어서 와요. 오랜만이네요."

주인 여자가 계산대에 앉아 있다가 인사하였다. 호균은 구석 자리를 잡았다. 시간이 늦었는데도 자리가 꽤 차 있었다. 방금 손님이 빠져서 빈 그릇을 치운 식탁엔 채 썬 파 조각과 콩나물 무 채 같은 것이 떨어져 있고 화덕 자리는 후끈거렸다.

호균은 갈비 2인분을 시키고 소주도 한 병 시켰다. 민석은 조심스럽게 가게 안을 훔쳐보았다. 호균이 아까 여인숙 문으로 들어섰

을 때, 민석은 꼭 동지섣달 삭풍에 이리저리 쏠리는 비닐봉지같이 을씨년스러웠으나 지금은 한결 편해 보였다. 숯불 화로 위에 빈 석쇠가 놓이고 밑반찬이 주르르 얹혔다. 민석의 눈길이 감당 못할 풍경에 휘둘리듯 흔들렸다.

"우선 이거라도 먹어."

호균은 삶은 쭈꾸미를 가리키며 말했다. 민석은 먹을 것이 많은 데 놀라고 기뻐서 혀를 날름 내밀었지만 음식에 젓가락을 대지 못했다. 왠지 그 애는 이 현실이 부끄러운 듯했다. 종업원이 숯불을 가져다 놓고 그 위에 석쇠를 얹고 갈비를 펴 놓았다. 민석의 눈이 고기에 박혀 움직이지 못했다.

"미리 2인분 더 주세요."

호균은 익은 고기를 뒤집고 가위질해 주는 종업원에게 고기를 더 주문하고 자기 접시에 얹히는 고깃점을 민석의 접시 위에 놓아 주었다. 이 애가 무슨 일로 여기까지 찾아왔는지 궁금했지만 묻지 않기로 했다. 사정을 듣기가 두려웠다. 희망이 보이지 않는 궁핍은 빤했다. 한해거리로 씨를 붙여야 낟알이라도 털게 되는 산등성이의 화전. 토종벌 몇 통. 집 앞뒤로 심은 당귀…….

돈을 구경하자면 무언가를 지고 이고 먼 30리 길을 걸어 면의 오일장에 다녀와야 했다. 나물 돋는 봄철부터 머루 다래 거둘 때까지 산을 뒤져 뜯고 꺾고 캐고 따서 돈을 만들었다. 그래도 짠 간 고등어 한번 맘껏 먹어 볼 수가 없었다. 겨울이 되면 호균의 형 호성은 탄광으로 가서 날품을 팔다가 돌아왔다. 돈을 번다기보다 군입 하나 더는 폭이었다. 그러던 호성이 동네 뒷산에 산판이 나자 거기 가서 목도질을 하다가 다리를 다쳐 기어이 절름발이가 되었다. 더 물어볼 것도 알아야 할 것도 없었다. 죽느냐 사느냐 딱 그 두 가지였다.

화덕에서 연기가 올라와 민석 쪽으로 쏠렸다. 민석은 얼굴을 찡그리면서도 고기를 쉴 새 없이 먹었다. 호균은 연신 고기를 뒤집고 가위질을 해서 민석의 접시에 얹어 주었다.

"천천히 먹어. 체할라. 언제 왔니?"

호균이 물었다.

"오후…… 저녁 때쯤요."

입 안에 가득 든 고기를 꿀꺽 삼키고 잘못이라도 들킨 것처럼 당황한 듯 민석이 말했다. 호균은 민석이 지레 주눅 든 모습이 보기 싫었다.

"얘긴 나중에 듣자. 우선 천천히 많이 먹어라. 체하진 말구."

호균이 말하고 뒤를 돌아보았다. 눈이 마주친 종업원에게 사이다 한 병을 시켜서 맥주잔에 가득 채워 주고 소주도 한 병 더 시켰다.

"사이다 마시면서 먹어. 천천히. 실컷 먹어."

호균이 말했다. 그는 맥주잔에 소주를 부었다. 빈 속에 소주가 전신으로 퍼지는 걸 거의 음독의 감정으로 느끼기 시작했다.

호균은 이제 고기를 집어 먹는 짬이 한결 둔해진 민석을 슬쩍 바라봤다. 그래도 넌 낫다. 눈가에 술기운이 불그레 감도는 호균이 이런 생각을 했다. 자신은 솔거리를 벗어나서 어떤 사람도 찾아볼 수 없었다고 말해 주고 싶었다. 그래도 넌 나보다 낫다. 삼촌이 비록 힘이 없고 해줄 수 있는 게 없는 것 같지만 그래도 그나마 고기라도 배불리 먹게 해 주니.

탄광에 다녀온 호성은 동생을 앞에 앉혀 놓고 사뭇 비장하길 여러 번이었다. 사람이 사람대접 받고 살려면 도회지로 나가야 하고 펜대를 잡아야 한다고 말했다. 초등학교를 졸업한 형이 '펜'대라고 말할 수 있게 된 것은 어쩌면 세상 군상들이 다 모여드는 탄광 바람을 쐰 덕이었다. 그러나 어떻게 도회지로 나가야 하는지, 펜대를 잡자면 어떻게 해야 되는지 호성은 알지 못했다.

호성은 동생 호균이 영특하고 생각이 깊고 키가 훤칠하고 이목구비가 나무랄 데 없다는 것에 고무됐다. 동생이 학교에 들어가자마자 우등상을 받아 오는 게 기쁘다 못해 신기했다. 그러나 그는 동생이 점심을 거른다거나 열다섯 나이에 낯선 곳에서 이미 뼈 시린 가난을 살아 내야 했다는 건 깊이 이해하지 못했다. 공부만 잘하면 모든 게 해결된다고 믿었다. 호균은 선생이 대준 연줄로 아이를 가르치고 수퍼마켓에서 배달을 하고 신문과 우유 배달도 했다. 그 시절 호균에겐 시간만 있다면, 허기만 지지 않는다면, 잠을 자지 않고도 살 수만 있다면…… 시험 공부는 아무것도 아니었다. 공납금은 장학금으로 해결됐지만 우선 방세를 물고 먹고살 것이 급해서 교과서 말고, 읽고 싶은 산더미만큼의 책들을 구경만하고 넘기는 게 속상했다. 이런 것도 모르고 호균은 1년에 두어 번보는 형으로부터 '희망'과 '출세'와 '집안을 일으켜 세울 임무'에 대한 이야기를 귀가 닳도록 들어야 했다.

"삼촌도 드세요."

제 보기에 술만 마시는 호균에게 민석이 말했다.

"그래!"

호균이 힘차게 대답했다. 술기운 덕이었다.

"이제 3학년이니?"

호균이 민석에게 물었다.

"예."

민석이 씹던 음식을 입 안 구석으로 몰며 대답했다.

고등학교에 가야겠구나. 호균은 이렇게 말하고 싶었다.

"신 씨 아저씨가 죽었어요. 폐암으루요."

민석이 엉뚱한 말을 했다. 신 씨 아저씨? 호균은 머릿속에서 기억을 들췄다.

"누가 죽어?"

"신 씨 아저씨요."

민석이 호균을 빤히 바라보았다. 호균이 천천히 고개를 끄덕이기 시작했다. 민석의 얼굴에 의기(意氣)가 스쳤다. 호균은 여전히

78

고개만 주억거리고 있었다.

"개울 건너에서 개 키우는 집요. 삼촌이 그 아저씨 때문에……."

삼촌이 그 아저씨 때문에, 라고 말할 때 민석의 목청이 커졌다. 호균은 고개를 숙인 채 술잔을 잡아 손 안에서 돌리고 있었다.

호성은 호균을 지서에 고해바친 사람이 그라고 믿었다. 남 잘 되는 거 못 보는 사람이라고 말했다. 아들 4형제 모두 외지로 보내 가르쳐도 제대로 밥벌이 하나 못한다고 하였다. 그의 집안은 멀리 왜정(倭政) 때부터 동네 구장을 했다. 그의 큰아버지는 6·25 사변 때 겁먹은 사람들이 총 빼들고 위협하는 바람에 죽지 않으려고 짐꾼 노릇한 것까지 부역으로 적어 바쳐 여러 사람 제명까지 못살게 한 사람이었다.

늘그막의 그는 값비싼 진돗개와 도사견을 기르고 살았다. 재작년이었다. 아버지 제사 때문에 7년 만에 고향으로 갔었다. 동네 어귀에서부터 대여섯 마리나 되는 개들이 한꺼번에 컹컹 짖어 대서 꼭 저승 골짜기 같았다…….

호균은 신 씨에 대해 생각하였다. 세상에는 그런 사람도 있었다.

"언제 죽었니?"

"지난 3월에요. 눈이 많이 오구 바짝 추운 때 있었지요? 그때 죽어서 사람들이……."

"뭘루 죽었다구?"

호균은 신 씨가 죽은 것이 자기 공적이거나 한 것처럼 다소 들뜬 낮으로 말하는 민석의 신바람을 자르고 물었다.

"폐암이래요. 암 중에서 제일 나쁜 거래요."

민석이 고자질하듯 말했다. 유치장으로 호균의 면회를 온 호성이 이를 갈며 말했었다.

"신 가놈의 짓이다!"

호균은 그때 아무 말도 하지 않았다. 도라지 밭 한쪽, 서너 평 될까 말까 한 땅에다 양귀비를 심었던 것이 '마약 사범'이라는 올가미에 걸릴 줄은 몰랐다. 등록금이 싼 국립 대학교의 법과 대학에 응시했다 떨어진 해의 여름 한철을 도라지 밭 한쪽에다 1인용 천막을 치고 지낼 때, 문득 불길하고 문득 해방감을 느끼고 문득 공포감에 휩싸이고 문득 자유를 느끼며 양귀비를 길렀다. 불법이지만 딱 한 번, 정말 딱 한 번, '목돈'을 쥐면…… 무언가 세상에 대해, 세상과 자신의 처지에 대해 용서하고, 용서받고, 그럴 것 같았다. 비록 용서까지는 아니더라도 숨통은 트일 것 같았다. 호균은 그랬다.

그때, 하얗게 핀 도라지 꽃 사이로 막 양귀비 꽃망울이 마치 여드름 돋듯 톡 불거져 나오던 때, 그렇게 날이 다르게 자라고 변하는 생명을 보는 게 신기하고 경이로워서 눈만 뜨면 들여다보던 때였다. 양귀비 꽃잎은 호균에게 치마폭처럼 보였다. 아무리 달리 보려 해도 어머니의 치마폭을 뒤집어 놓은 것이었다. 한없이 부드럽고 가볍고 겸손한 느낌이었다. 그날, 아직 해가 산마루를 넘어오지 않았는데 무슨 쭈뼛한 느낌 때문에 등성이 아래로 눈길을 주었다. 호균은 거기 어떤 짐승 같은 게 꿈지럭 지나가는 걸 느꼈다. 순간 그의 등줄기가 서늘해졌다. 더러 오소리가 지나가긴 했었다. 들고양이도 있었다. 그러나 그런 것들과는 느낌이 달랐다. 엄습한 공포감에 호균의 오금 뼈와 살이 흐물흐물 물러앉았다. 그는 이미 밭둑에 주저앉아서 얼핏 사라져 버린 수상쩍은 짐승의 움직임을 되새겼다. 뒷짐을 진 중늙은이. 그 사내. 설마.

호균은 제 눈을 의심하고 싶었다. 덩치 큰 수놈 오소리거니, 하였다. 산돼지일지도 몰라, 생각했다. 흰색 도라지 꽃. 이슬을 맞아 청초하기 이를 데 없었다. 그러나 어찌 양귀비꽃을 도라지에 비할까. 어림도 없었다. 바람에 마구 흔들려도 결코 꺾이지 않았다. 범법에 대한 두려움이나 죄책감은 씨앗을 뿌릴 때뿐이었고 포실포실 흙을 밀고 올라오는 연두색 애순을 지켜보는 때부터 그런 감정은 사라졌다. 그렇게 잊고 지낸 공포가 그 순간 싱싱하게 살아나서 호균을 옥죄었다.

출소한 후에도 호균은 '신 가'를 잊지 않았다. 그러나 얼굴 한 번 보지 않고 지냈다. 한여름, 말로 할 수 없는 희망과 자유와 행복을 느꼈던 산꼭대기 도라지 밭은 다시 가 보지 않았다. 돌아올 수 없는 스무 살처럼 그 시간은 흘러간 것이었다.

민석은 고기 몇 점을 남겨 두고 손을 놓았다. 사이다를 벌컥벌컥 들이켜다 재채기까지 한 민석은 트림도 하였다.

호균이 계산을 했다.

"속이 거북하냐?"

부산 돼지 갈비 집 앞에서 호균이 물었다.

"아니요. 그런데 너무 많이 먹었나 봐요. 점심을 안 먹구 떠났거든요."

민석이 처음보다 몰라보게 풀어진 목소리로 말했다.

호균은 이미 셔터를 내린 약국을 바라보다가 근처의 구멍가게로 갔다. 활명수 두 병을 사고 사이다도 한 병 더 샀다.

여인숙에 오자마자 민석이 변소부터 찾았다. 설사를 하는가 싶었는데 토한 것이었다.

호균은 잠자리를 폈다.

"여기가 삼촌 집이에요?"

방 안에 들어오자마자 한번 휘 둘러보고 난 민석이 의아스러운 듯 물었다.

호균은 대답하지 않았다.

민석은 아무래도 이해할 수가 없었다. 여인숙이라면 잠깐 머무는 집이었다. 이런 곳에서 삼촌이 오래도록 산다니 믿기지 않았다. 이렇게 살 거라곤 상상도 못했었다. 이유 없이 그랬다.

"인마, 앉어."

호균이 말했다.

"여기가 삼촌 집이에요?"

민석은 궁금증을 어쩌지 못하고 다시 물었다. 호균이 흘깃 민석을 쳐다보았다. 짜아식. 나무라는 기분이었다. 그래도 민석은 방 바닥에 앉지 못하고 방 안을 두리번두리번 둘러보았다.

"삼촌은 집이 없어. 여긴 여인숙이란 데야."

호균이 못 박듯 말했다. 민석이 엉덩이부터 내리며 바닥에 앉았다.

"실망했니?"

호균이 거의 야비한 느낌이 들게 히죽 웃으면서 말했다. 민석은 고개를 숙였다. 호균은 자신의 추리닝 바지 하나를 내주었다. 여전히 고개 숙인 민석이 바지 고무줄 단을 만지작거리다가 호균을 쳐다보았다. 그리고 호균과 눈이 마주치자 얼른 고개를 숙였다. 호균이 담배를 꺼내 물었다. 불을 붙였다. 휴우 연기를 뱉어 냈다. 민석이 쿨럭했다. 호균이 문을 열어젖혔다. 대문 바깥에서 술 취한 남자들의 말소리가 어수선하게 넘어왔다.

"삼촌, 왜 이런 데서 살아요?"

민석이 울적한 목소리로 물었다. 금방 울 것만 같았다. 호균은 아직 반도 타지 않은 담배를 끄고 문을 닫았다. 크게 한숨을 쉬었다. 아래, 윗목이 따로 없어도 그는 아래쪽에 조카의 잠자리를 만들었다. 한겨울에 오지 않아 한결 낫다고 생각했다. 외풍이 세고 방바닥이 차서 잠을 자지 못했을 것이었다. 그런 형편을 어린 조카에게 들키지 않은 것만도 다행이었다. 민석이 억지로 자리에 누웠다. 그도 윗목에 팔베개를 하고 누웠다. 때가 끼어서 애당초 어

떤 색깔이었을지 짐작이 잘 안 가는 나일론 이불 자락을 민석이
잡아당겨 호균의 배와 다리를 덮었다. 순간 호균이 목이 메었다.
넌 나처럼 되지 마라. 말하고 싶었다. 나처럼…… 그는 자신의 '나
처럼'이 어떤 것인지 사실은 몰랐다. 다만 미래가 불안하고 나아
질 길은 없었다. 그랬다. 바로 이것이 나다. 호균은 생각했다. 한
번도 진지하게 자신을 바라보지 않았던 그가 조카를 옆에 뉘어 놓
고 자신의 현실이 보여서 비참했다.

"자냐?"

그가 한없이 가라앉은 목소리로 물었다. 조카가 잠들어서 자기
의 목소리를 듣지 못하길 바랐다.

"아니요."

민석이 고기를 먹을 때와는 딴판으로 기죽은 목소리로 대답했
다.

"사람은 형편 따라 산다."

호균이 말끝에 '인생은 그런 거야' 하려다가 말았다. 어차피 민
석은 호균이 말하는 '형편 따라'도 도저히 이해할 수 없을 것이었
다. 차라리 가난하다거나 부자라고 하면 알아들을 수 있었다. '형
편 따라 산다'는 말이 더 어려웠다. 민석에게 호균은 얼마나 '대단
한' 사람인가. 아버지는 성적이 중간으로 도는 아들에게 '호균 삼
촌의 학창 시절'을 전설처럼 들려주었다.

네 삼촌은 돈 한 푼 들이지 않고 공부했다. 손에서 책을 놓지 않

았다. 헌책방에서 구한 영어사전을 나달나달하게 갈피가 닳도록 읽고 외고 머리에 베고 잤다. 원수놈의 신 가만 아니면 틀림없이 법관이 되었을 것이다. 아까운 인물이다…….

한평생 '펜'대를 쥐고 발바닥에 흙 한번 묻히지 않고 살아갈 수 있었던 사람…… 그 사람의 운명을 망가뜨린 신 가는 죄받아 폐암으로 죽었다…….

민석에게 호균은 세속의 죄와 벌을 떠나 삶의 등대거나 '신기루'였다. 오늘 밤 민석에게 자신의 등대, 혹은 신기루를 남루하고 빈천하고 질척한 여인숙에서 보게 된 것은 차라리 고통이었다.

민석이 말로만 듣던 삼촌을 처음 본 것은 초등학교를 졸업하고 중학교 입학식 날을 기다리던 때였다. 아무 소식 없이 그가 불쑥 나타났던 것이다. 할아버지 제삿날 저녁이었다.

삼촌은 새파란 만 원짜리를 아버지에게 어머니에게, 또 민석에게도 주지 않았던가.

"공부 열심히 해라."

삼촌이 머리를 쓰다듬으면서 말했다.

"어떻게 살 작정이냐."

아버지가 삼촌에게 물었다.

"아직…… 작정이 없습니다……."

삼촌이 말했다.

늦은 저녁, 어둠에 묻혀 왔던 삼촌은 다음 날 어두운 새벽 식구들의 배웅을 받으며 떠났다.

그날, 민석은 고개를 넘어서도록 뒤처져서 호균을 따라갔다. 호균은 그런 조카를 불쑥 돌아보고 기다렸다가 가까이 다가온 민석의 손을 잡았다.

"이거 삼촌 주손데, 아무한테도 알리지 말구 너만 알고 있어. 삼촌이 필요할 때 연락해. 필요할 때, 그때. 알았지?"

"네!"

호균과 민석은 뜻하지 않게 '밀약'을 했다. 그러고 나서 호균은 그 밀약을 잊었지만 민석은 잊지 않았다. 그는 삼촌이 주소를 적어 준 쪽지를 윗방 시렁 틈에 고이 간직해 두었던 것이다.

그리고 두 해가 지나는 동안, 민석에게 삼촌 호균은 마치 산 사람의 추억에 남은, 죽은 사람의 사랑처럼 '신비함'만 남겨 주었다.

남들보다 두 해나 늦게 들어간 중학교 졸업을 앞두고 민석은 자신의 보석, 그 신비한 힘을 가진 쪽지를 움켜쥐고 집을 나서기로 했던 것이다. 중학교를 졸업하면 자기는 어떻게 살아가야 할지, 그걸 알고 싶었던 것이다.

호균은 눈을 감았다. 그러나 이내 떴다.

"집에는 별일 없니?"

"예."

민석은 침을 삼키고 짧게 대답했다.

"넌 학교 잘 다니니?"

"예."

"아픈 사람은 없구?"

"예."

호균은 고향의 골짜기 동네를 떠올렸다. 가난을 면할 방법이 없었다. 아이가 하나 늘면 먹고 입고 재울 짐이 하나 더 늘 뿐이었다. 도회지로 나갈 엄두도 낼 수가 없었다. 도회지에 나가면 집칸 마련도 어렵지만 당장 할 일이 마땅찮았다. 막노동은 비오는 날이면 굶어야 되는 일이었다. 그나마 척박한 터이지만 고향에서는 굶어죽을 염려는 없었다. 그 대신 희망도 없었다.

"내가 겁나니?"

호균이 불쑥 물었다. 그러나 그는 곧 후회했다. 이렇게 물어선 안 됐다. 실망했지? 이렇게 말했어야 했다. 괜찮아. 삼촌은 곧 좋아질 거야. 이런 말을 덧붙였어야 했다.

"그만 자자."

호균은 전등불을 껐다. 방 안이 캄캄해졌다.

"예."

민석이 뒤늦은 대답을 하고 돌아누웠다. 그러나 오래도록 뒤척였다.

출입구 가까운 쪽에서 떠드는 소리가 들렸다. 주정뱅이가 들어온 모양이었다.

"독채 전세 냈어요?"

"조용히 합시다!"

밖에서 종업원과 손님이 주정하는 남자에게 소리쳤다.

호균은 문득 여기가 '여인숙'이라는 사실을 떠올렸다. 여인숙에서조차 잠잘 수 없는 사람들은 담 밑이나 대문 밖, 숲이나 빈 창고에 숨어들어 고단한 몸을 누일 것이다……. 바로 옆방에서 남자와 여자의 두 몸이 맞부딪는 소리가 났다. 거칠게 내쉬는 숨소리, 앓는 소리가 섞였다. 호균은 귀를 막고 싶어졌다. 이런 소릴 처음 듣게 되는 것도 아니었고, 매일 밤 반복되는 생활이라 느껴지지도 않던 환경이 지금 그에겐 마치 모욕 같았다.

"삼촌, 왜 이런 데서 살아요?"

호균은 민석이 묻는 말에 뼈가 아팠다. 이런 데서 산다는 것은 단지 처지가 어렵다는 뜻만은 아니라는 게 문득 깨우쳐지는 것이었다. 사람들이 오랜 세월 동안 사람으로서 살아오면서 만들어 낸 사람다운 것, 그 '품격'이 없다는 뜻이었다. 호균은 감고 있던 눈을 비틀어 짜듯 찡그렸다. 가난하다는 것과 사람의 품격이라는 거머리, 미꾸라지가 그의 머릿속을 사정없이 들쑤시고 헤집어 놓았다. 그는 입을 꽉 다문 채 헛기침을 하였다. 민석이 돌아누웠다.

그래. 네가 어떻게 편안히 아무렇지 않게 잠들겠니. 호균은 생각했다. 조카에게 미안했다.

"여기 온다구 얘기하구 왔니?"

호균이 불쑥 물었다.

"아니요."

잠긴 목소리이긴 해도 민석은 기다렸다는 듯이 냉큼 대답했닷. 문득 호균은 조카의 인생이 물체처럼 느껴졌다. 자기 자신이 아닌, 다른 사람의 인생을 이렇게 한 덩어리로 그 무게를 느끼는 건 난생처음이었다.

"삼촌."

민석이 망설이듯 불렀다.

"그래."

"난…… 정말…… 앞으로……."

"말해 봐."

"전요, 어떻게 살아야 할지 모르겠어요."

"쓸데없는 생각을 다 하는구나!"

호균은 자신이 듣기에도 싸늘한 목소리로 말했다. 그러나 민석은 지지 않았다.

"삼촌, 전요, 세상을 이해할 수가 없어서요, 세상을 알고 싶어요. 왜 사람들은 부자가 되고 가난뱅이가 되는지요."

"짜식!"

호균은 짜증스럽다는 듯 돌아누웠다. 돌아누웠지만 머릿속이 어느 때보다 불 속처럼 훤했다. 그는 이를 악물었다. 세상을 알려고 하지 마라. 속으로 말했다. 외항 선원 정민이 생각났다. 누구에게나 살아가야 한다는 게 치욕이어서는 안 된다고 말했다. 무슨 뜻인지 언뜻 이해가 안 됐다. 그러나 묻지 않았는데 지금 생각지도 않게 그 말이 떠올랐다. 치욕이 뭉쳐서 혁명이 된다고 그랬던 그 선원. 호균은 가끔 그가 그리웠다. 그를 그리워하면 위안이 됐다.

"아버지는 삼촌이 똥두 버릴 게 없는 사람이라구, 그랬어요. 그런데 세상을 잘못 만났다구요."

"인마. 넌 그런 생각은 하지두 말어! 아무 소용두 없는 말이니까."

호균이 엄한 목소리로 말했다. 다시는 말도 붙일 수 없을 정도로 싸늘했다.

"그만 자라."

"예."

민석이 말했다.

호균은 자신이 세상을 잘못 만났다는 말을 양 검사에게서도 들었다. 그는 법관이 희망이었다는 호균에게 '오아시스는 어디서 툭 떨어지는 게 아니라'고 했다. 양 검사는 양귀비를 재배하고 인간을 타락시키고 그 타락의 값으로 대학에 가서 판사가 되겠다는 게 얼마나 추악한 희망인가에 대해, 살벌하되 부드러운 목소리로 설명해 주었다.

"자네에겐, 자신조차도 깨닫지 못하는 죄악의 불씨가 숨어 있어. 알아듣겠나? 무엇보다 우선 따뜻한 인성을 회복하도록 하고, 이것을 뼈아픈 반성의 기회로 삼게. 먼저 인간이 되도록……."

호균은 검사와의 이날 대화를 잊지 못했다. 검사는 호균에게 인간이 되도록, 인간의 사회로부터 3년 동안의 '격리'를 구형하였다. 그러나 그 당시에 호균은 양귀비가 자기의 인생을 지배하게 되리라곤 전혀 상상도 하지 못했다. 왜냐하면, 인간은 존엄한 존재라고 검사가 말했으므로, 사람은 마침내 누구나 존엄해져야 할 터이므로…….

호균은 자신에게 내려진 1년 반의 실형 선고가 가혹했다는 걸 수감 중에 수형자들로부터 알게 됐다. 인간의 존엄성이란 실재하지 않는 '관념'이라는 것도 그때 알았다. 제도가 다만 권력을 수행하는 가장 쉽고 적절한 장치라는 생각도 그때 배웠다. 하지만 데모를 하다가 들어온 학생들, 무슨 간첩 조직을 만들었다던 대학생들, 노조를 하다가 들어온 공장 노동자, 그들에게 호균은 말로 표현할 수 없는 소외감을 느꼈다.

호균은 잠이 들면서 가물가물 한 가지 결심을 했다. 민석을 돌려보낼 때, 다시는 삼촌을 찾지 말라고 해야겠다는. 언젠가 자신이 집으로 돌아갈 때까지.

7

　호균은 잠들지 않았던 사람처럼 눈을 떴다. 방 안은 어둡고 사방은 고요해서 괴괴한 느낌마저 들었다. 머리맡에 풀어놓은 야광 시계의 바늘은 7시쯤을 가리키고 있었다. 비 내리는 시외버스 정류장에서 만 원짜리 열 장을 네 번 접어 민석의 주머니에 넣어 주고 조카를 떠나보낸 이후 호균은 방 안에 틀어박혀 지냈다. 다시는 이런 모습으로 조카의 얼굴 보고 싶지 않아서, 그런 마음을 지녀야 하는 자기가 싫어서 그는 햇볕 화사한 거리로 나갈 수 없었다.

　오늘은 일요일이었다. 일요일이라는 것을, 호균은 토요일부터 아니 그 전전날부터 점찍듯이 새기고 또 새겼었다. 일요일 오전 10시 반, 기차역 출입문 안팎에서 서로를 기다린다. 약속은 단순했다. 일요일 오전 10시 반, 기차역 출입구에서.

　그러나 호균은 이미 어젯밤부터 약속을 깨기로 작정했다. 그 여자를 만난다는 게 우스웠다. 민석이 다녀간 뒤로 그는 더 지수를 생각하기 싫었다. 괜스레 달뜨고 자신에 대해 덧칠을 하게 되고, '슬픔과 고통' 같은 생소한 감정에 시달리는 게 귀찮고 사기치는 것 같았다.

호균은 지수가 제멋대로 정한 약속 장소와 시간에 맞추지 않으면 됐다. 비록 지수가 당돌하게 한 시간…… 두 시간까진 기다릴 수 있어요. 아주 안 나오면…… 지구를 다 파 뒤집어서 찾아내겠다 말했어도 그랬다. 지수가 어머니에게 함부로 자신을 토박이가 아니라느니 논문을 쓰러 잠깐 와 있다느니 한 말을 떠올리면 피가 거꾸로 솟았다.

자넨 내면에 죄악의 불씨를 가졌어. 우선 인간이 되도록.

양 검사의 말을 떠올렸다. 순간 호균의 몸이 메뚜기처럼 튀었다. 그는 천장을 향해 반듯이 누웠다. 증오심을 표현할 말이 따로 없었다. 우선 인간이 되도록.

호균은 이 기억으로부터 도망가고 싶었다. 잊고 싶었다. 도마뱀처럼 그가 지우고 싶은 기억을 잘라 내고 싶었다.

만나 주지 않으면 지구를 다 파 뒤집어서 찾아내겠다던 여자도 있어.

호균은 생각했다. 여자라는 건 독한 술처럼, 혹은 독초처럼 사람을 취하게 한다고 생각했다. 호균의 기분은 술에 취한 듯 무책임해졌다. 신경을 쓰게 하던 그 여자의 어머니도 무시하기로 했다. 어차피 그게 그거였다.

호균은 반 시간이나 일찍 약속한 장소로 나갔다. 날은 화창하고 하늘은 푸르렀다. 시골과 지방 도시들을 잇는 버스들은 자주 오고 갔다. 느릿느릿 정류장의 이곳저곳을 구경하고 지나가는 사람들도 바라봤다. 가게며 물건들, 서로 다른 사람들이 다 새삼스러웠다. 1년 반만에 출소했을 때도 거의 이와 흡사한 기분이었다. 그는 마중하는 사람 없이 혼자 나와 그냥 걸었다. 지구를 발로 걸을 작심인 듯이 걸었다. 지루하지도 않고 힘도 들지 않았다. 사고무친의 그에게 연락처를 남겨 준 익수의 배려가 없었다면 그는 아마 걷다가 쓰러져 죽었을지도 몰랐다.

오래 기다리지 않아 지수가 팔랑거리며 나타났다. 살이 비치는 시폰 치마는 무릎 위에서 하늘거리고 허리를 조이는 반팔 니트 윗도리는 젖가슴 위에서 목을 드러냈다. 길게 늘어뜨린 검은 머리는 어깨선에서 출렁거렸다. 호균은 먼 데서 지수를 알아보고 순간 가슴이 출렁했다.

"언제 왔어요? 내가 먼저 와서 기다리려고 했는데."

지수가 활짝 웃으며 말했다. 호균은 잠깐 정신을 잃은 것처럼 지수를 뚫어지게 바라봤다. 웃음이 함박꽃 같았다. 웃음꽃으로 빨려 드는 느낌이었다. 아찔하고 황홀했다. 바람이 지수의 치마폭을 건드렸다. 파도처럼 구불거리는 치맛자락이 살랑 들려 허벅지가 보이다 말았다. 지수가 제 옷매무새와 얼굴을 더듬었다.

"어디 이상해요?"

지수가 당황해서 물었다. 아니요. 호균은 속으로 대답했다. 여자들 속에 살면서도 단 한 번도 느껴 본 적이 없는 여자의 향기를 맡은 것 같았다.

"어디가 이상하지요?"

얼굴이 붉어진 지수가 물으며 손가방을 열어 콤팩트를 꺼냈다. 호균이 빨려 들 듯 지수에게로 다가섰다. 콤팩트를 든 손을 잡아 가만히 아래로 내렸다.

"아름답습니다."

그가 떨리는 목소리로 속삭였다. 지수의 붉어진 얼굴이 더욱 짙어졌다. 지수는 이런 상황을 상상도 하지 못했었다. 떨리고 부끄럽고 행복했다. 처음 봤을 때 너무 익숙했던 인상. 그 인상을 이야기했을 때 지수의 여고 선배 언니는 전생에 인연이 있는 남자와 여자가 만나면 그런 느낌을 받는다더라고 말했다. 그 말에 설마, 하고 내숭을 떨었지만 순간 가슴에 전율을 느꼈다. 지금도 그때 같았다.

두 사람은 태백산 줄기를 타고 넘는 시외버스를 탔다. 호균은 민석을 돌려보내고 심란해서 이 노선의 버스를 탔었다. 그들은 나란히 앉아 한동안 아무 말도 하지 않았다. 지수가 한 번 아, 다람쥐! 소리친 게 다였다.

둘은 약사암 입구에서 내렸다. 등산복 차림의 중년 남자 둘도 함께 내려 그들 앞을 성큼성큼 지나쳤다. 호균은 약수암 길을 버리고 개울로 내려섰다. 크고 작은 돌멩이가 개울보다 넓게 널려 있었다. 하얀 돌에 햇살이 자글자글 내려앉고 있었다. 샌들 굽이 돌에 미끄러져 뒤뚱거리던 지수가 신발을 벗어 들었다.

"업힐래요?"

호균은 부신 듯 눈을 쪼프리고 지수를 바라보며 물었다. 지수가 고개를 살래살래 흔들었다. 가게에서의 그 당돌함은 어디 갔을까. 여자는 몇 개의 표정, 얼마나 많은 성정을 가졌을까. 호균은 생각했다.

"불안해요?"

호균이 물었다.

"저쪽엔 길이 없잖아요."

지수가 말했다.

"걱정되요?"

"길이 아니라서요."

길이 아니라⋯⋯. 호균은 하늘을 쳐다봤다. 흰 구름이 조각조각 널려서 흘러갔다. 그런 사이 지수가 구두를 벗고 스타킹을 벗어 가방에 넣었다.

"지수 씨. 길이 없는 데서 길을 바라봅시다."

호균이 낮게 말했다. 지수는 목이 타는 느낌을 느꼈다. 말갛게 씻긴 개울가 조약돌에 잘근잘근 발바닥을 디디며 야릇한 감정에 젖어 들었다. 한 번도 경험한 적이 없어 낯설고 그래서 두려운 감정이었다. 이 남자는 누굴까, 지수는 문득 이런 의문을 품었다. 그

러나 이런 의문이 사랑일 거라고 생각했다.

"그럼 위험할 때 업히세요."

호균은 이렇게 말하고 손을 내밀었다. 지수가 그 손을 맞잡았다. 둘은 손을 잡고 개울을 건넜다. 그러나 개울 가운데에 이르렀을 때 지수가 비틀거려 결국 호균의 등에 업혔다. 호균은 등허리가 다른 사람의 체온으로 따뜻해지는 걸 느꼈다. 여자의 냄새가 어깨를 넘어 코로 스며드는 것도 예민하게 맡았다. 문득 개울을 건너지 말고 내내 이렇게 내려가 볼까, 생각했다. 하지만 곧 건너편에 지수를 내려놓았다.

개울 건너 숲에는 부러 그렇게 만들기도 어렵게 보이는 마당 바위가 있었다. 마당 바위 위로 천막처럼 참나무가 가지를 뻗었다. 솔방울이 다닥다닥 붙은 소나무들이 있었다. 다래덩굴이 엉켰고 잡목들이 우거졌다. 새들은 여기저기서 우짖고 푸드득 날개 치며 날아갔다.

지수는 바위에 앉았다. 옆에 꽃무늬가 박힌 구두를 가지런히 놓았다. 구름은 사라졌고 하늘은 그저 새파랬다. 호균은 앉지 않고 바위 곁의 소나무에 기댄 채 솔잎 새순을 뽑아 이빨로 씹고 있었다. 싱그러운 바람이 지나가고 불어왔다.

"배고파요?"

솔잎을 씹는 호균에게 지수가 물었다.

"이 맛 알아요? 솔잎 씹어 본 적 있어요?"

지수가 고개를 흔들었다. 호균은 자신을 외면한 채 고개를 흔드는 지수로부터 완강한 떨림을 느꼈다. 그는 잠시 하늘을 쳐다보고 입 안에 든 솔잎을 뱉고 휘파람을 불었다. 휘파람을 불다가 지수 옆에 앉았다. 지수는 언제부턴가 검지로 바위를 파려는 듯 문지르고 있었다. 호균은 그 안쓰러운 손가락의 움직임과 지수를 번갈아 바라봤다. 지수는 먼눈을 뜨고 앞을 하염없이 바라보고 있었다.

어디선가 새들은 맑고 탁하고 가볍고 무겁고 높고 낮은, 가지가지의 소리로 지저귀다가, 화들짝 나뭇가지를 흔들어 놓고는 나무 위로 솟구치거나 숲으로 자취를 감췄다. 말갛게 닦인 바위 밑동을 핥으며 개울물이 흐르고, 멀고 가까운 데서 아지랑이가 아롱아롱 피어올랐다가 스러졌다.

호균은 여전히 바위를 쓸고 미는 지수의 검지손가락을 바라봤다. 그리고 엉뚱한 곳을 바라보는 지수의 시선을 훔쳤다. 산기슭 바위틈의 샛노란 나리. 연둣빛 참나무 잎. 개울 물 속으로 머리를 넣었다 뺐다 하는 버들가지…… 어디에도 지수의 눈길은 없었다. 하지만 호균은 지수의 안타까움과 조바심, 불안과 격정의 소용돌이가 점점 커져 가는 걸 훔쳐보는 것도 이제 숨이 가빴다.

저 불안한 손목을 잡고 말해 줘야 한다. 우리는 길이 다르다고. 내 앞엔 길이 없으니 저 잘 닦인 길로 돌아가라고. 이렇게 말해야 한다고 생각하고 또 생각했다.

생각이 움직였을 것이다. 호균이 성큼 바위 위로 올라가 지수 옆에 앉았다. 겨우 한 주먹 만큼의 틈은 됐다. 지수의 숨소리가 가쁘게 들렸다. 그는 불현듯 지수의 팔을 잡았다. 가늘고 말랑하고 따뜻한 감촉이 순식간에 호균의 손바닥을 거쳐 팔과 어깨와 심장으로 퍼졌다.

지수는 움직이지 않았다.

"바위가 무슨 잘못이에요. 지수 씨 지문도 다 망가져요. 닳아버려요."

호균이 낮게 말했다. 지수는 여전히 움직이지 않았다. 시선을 거두지도 않았다.

"두려워하지 말아요."

호균이 말했다. 바로 이때 지수가 호균의 어깨로 허물어져 내렸다. 전신의 뼈가 마디를 허물고 근육이 낱낱으로 흩어지는 것 같았다. 호균이 흩어지는 뼈와 살을 움켜잡았다. 해체된 몸은 여전히 작고 따뜻하고 말랑했다. 호균이 지수의 입술을 찾아 손으로 만졌다. 그리고 눈과 코와 귀를 찾아서 한 땀 한 땀 자신의 손가락에 새기기 시작했다.

"무서워요. 이러면 안 돼요."

떨리는 목소리로 지수가 말했다. 그러나 호균을 피하지 않았다. 뭐가 무섭고 뭐가 이러면 안 되는지 알 수 없었다. 호균은 한 손으로 자신의 어깨에 기댄 지수의 얼굴을 세웠다. 지수의 체온이 사라지길 기다렸다.

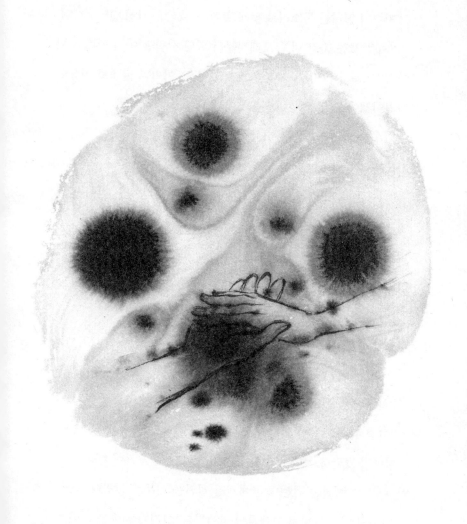

"난 너무 부족해요."

지수가 떨리는 목소리로 낮게 말했다. 호균은 잠시 얼떨떨했다.

"처음 보는 순간 너무 오래전부터 알던 사람 같아서 깜짝 놀랐어요. 그래서 그만…… 분수를 잃었어요. 어머니 말대로 정신을 차려야겠어요."

지수가 가녀리게 말했다. 슬픔에 가득 찬 목소리였다. 호균은 가느다랗게 휘파람을 불었다.

"나는 내가 어디 있는지 모르겠어요. 이렇게 몽롱한 적이 없었어요. 왜 이러지요?"

다시 지수가 말했다. 호균이 지수를 들여다보았다. 눈이 젖어 있었다.

"혹시 화났어요?"

호균이 물었다.

"어떻게 화를 내요."

"화내면 안 됩니다. 그건 지수 씨한테 도움이 안 돼요."

"그럼 뭐가 도움이 되는지 알려 줘요."

지수가 호균을 쳐다보았다. 표정이 진지했다. 호균이 한숨을 쉬었다. 지수는 한숨 쉬는 호균에게서 시선을 거두지 않았다. 호균이 지수의 머리를 만져 고개를 돌려세웠다. 그러나 지수는 곧바로 오뚝이처럼 그를 쳐다봤다.

"빨리 말해 줘요. 뭐가 도움이 된다는 건지."

"나는 아주 나쁜 사람입니다."

호균이 먼 하늘을 쳐다보며 말했다. 지수가 눈을 흘겼다. 파란 하늘에 언제 그랬는지 뭉게구름이 몰려와 있었다. 호균은 담배를 물었다. 불을 붙였다. 깊이 빨아 연기를 몸속 샅샅이 밀어 넣었다.

"왜 자기를 나쁜 사람이라고 말해요? 왜 그래요? 왜요?"

"그래서 내가 더 나쁩니다."

"왜요? 왜 나쁜지 말해 줘요."

지수가 호균을 똑바로 쳐다봤다. 눈매가 촉촉이 젖어 있었다. 호균이 고개를 숙여 지수를 쳐다보았다. 그리고 지수의 손을 들어 그 위에 자신의 손을 얹었다.

"어떤 말이든지 들을 수 있어요? 들을 자신이 있어요?"

"물론요!"

지수가 소리쳤다. 호균이 한숨을 쉬었다. 그는 지수의 손을 잡고 손등을 하염없이 토닥거렸다. 한참을 그랬다. 슬픔이 밀려들었다. 그는 입술을 깨물고 맘을 가라앉혔다. 그런 동안에도 지수가 몇 번 더 말하라고 보챘다.

"희망이 없으니까요."

호균이 중얼거렸다. 지수가 그를 쳐다보았다. 난생처음 들어 그 뜻을 이해하지 못하겠다는 표정이었다.

"희망이 없는 사람한텐 독이 있습니다. 아름다운 지수 씬 아마 상상도 못할 그런 독이 있어요. 아주 해로운 독이……."

호균이 천천히 말했다. 순간 지수가 호균을 쳐다보았다. 마치 물속을 깊이 들여다보듯 치밀하고 정교한 눈초리였다.

"나쁜 사람! 너무 나빠요!"

지수가 낮게, 맵게, 고요하게 뱉었다. 순간 호균은 가슴이 서늘해지는 걸 느꼈다. 희망이 없는 게 나쁘다? 누구한테 나쁠까. 나쁜 걸 가진 사람이 더 나빠지는 건 공평한가? 누가 나쁜 걸 주었나? 호균은 생각했다. 이런 생각이 들면 호균의 마음은 순식간에 지수에게서 멀어졌다. 사람들의 세상에서 훌쩍 날아올라 떠돌이가 되어 버린 듯 적막한 기분에 휩싸였다.

"도대체 뭐가 그렇게 복잡해요? 희망은 만들면 돼요. 마음에 간직하면 되잖아요. 그거 몰라요? 저 새들도 풀도 나무도 개울물도 다 희망을 가졌을 거예요. 우리 엄마가 경계해야 한다고 말하는 사람들이 있어요. 차가운 사람이에요. 냉정한 사람은 경계해야 한대요. 차가우면 생명이 살 수 없다고. 그래서 차가운 사람, 냉정한 사람은 가까이하지 말라고 그랬어요. 그렇지만 희망은 자기가 만들면 돼요. 아까 한 말 취소해요. 정말!"

지수가 또박또박 말했다. 그리고 호균을 뚫어지게 쳐다보았다. 정확하고 진지하고 맑은 눈빛이었다.

호균은 지수의 눈을 피했다. 이 여자는 누군가, 그는 생각했다. 내가 지금 이래도 되나, 생각했다. 차가운 사람. 냉정한 사람에 대한 경계심. 나는 그런 사람인가? 냉정하고 차가운가? 나는 누구

104

고 이 여자는 누굴까. 우리는 무엇인가.

호균은 벌떡 일어섰다. 바위에서 사뿐 내려, 개울로 걸어갔다. 어디쯤에 쪼그리고 앉았다. 개울물이 바위를 핥으며 졸졸졸 흘러내렸다. 송사리가 물살을 거슬러 오르고 있었다. 물살을 옆으로 타거나 물살에 떼밀리지 않고 제 속도로 헤엄치거나 각각으로 놀고 있었다. 다시 태어난다면, 저 송사리가 될까. 개울물이 될까. 산골짜기 바위가 될까.

호균은 다시 태어나는 자신을 상상하기 싫었다. 태어나고 싶지 않았다.

바람에 나뭇잎이 건들거렸다. 버들가지가 흔들거렸다. 새가 푸드득 날개를 쳤다. 호균은 고개를 들고 사방을 천천히 훑어보았다. 세상은 어디인가. 사람들이 살고 있는 세상은 어디쯤일까. 갑자기 호균은 눈앞이 막막해졌다. 눈을 들어 깊은 산골을 바라보았다. 푸른 나무숲에 아지랑이 같은 수증기가 끼어 있었다. 산다는 건 저렇게 불투명한 것일지 몰라. 호균은 이런 생각을 했다.

이때 등 뒤에서 불쑥 손이 나타나 호균의 눈을 가렸다. 놀라지 않았다. 뻔했다. 그러나 뭔가 유쾌한 기분이 들었다. 밝은 건 이런 건가, 생각했다. 개울에 나와 앉아 세상과 지수를 밀어내는 동안, 정작 이 여자는 나를 지켜본 건가, 생각하며 찌릿한 전율을 느꼈다.

"내가 호균 씨가 어떤 사람인지 다 알아냈어요."

지수가 말했다. 호균의 가슴이 철렁 내려앉았다. 말하지 말라

고 할까, 듣기 싫다고 할까, 당장 마음이 급했다. 이럴 때 지수가
말했다.

"호균 씨는 희망이 없는 게 아니라 매정한 거 아니에요?"

호균은 후드득 웃었다. 그런 지수가 귀여웠다. 여자에게서 귀여
움을 느끼긴 처음이었다.

"맞죠?"

"문제가 어려워서 좀 생각해 보고요."

"여전히 오만하네요."

"아! 냉정은 어디 가고 오만이 나왔지? 여러 가지네!"

호균이 소리쳤다. 지수가 제풀에 손을 풀고 호균의 등짝을 후려
치기 시작했다. 순간 호균은 등을 돌려 지수를 와락 끌어안았다.
한 손으로 그 여자의 긴 머리를 뒤로 넘겼다. 여자의 얼굴이 아주
자그맣게 보였다. 한 입에 삼켜도 모자랄 것 같았다. 그 작은 얼굴
에서 눈이 별똥별처럼 까무룩 사라졌다. 호균은 정신을 차렸다.
자신이 잠깐 의식을 잃었던 걸 알아냈다. 멀쩡하다가도 이런 경우
도 있다는 걸 처음 알았다. 후우우, 길고 깊은 숨을 내쉬었다.

두 사람은 잠시 나락으로 떨어지거나 허공으로 사라진 듯했다.
떨어지고 사라졌다가 다시 돌아온 호균이 자갈돌을 주워 물에 던
졌다. 돌에 맞은 개울물이 방울방울 높이 솟구쳤다. 호균은 또다
시 그렇게 했다. 극과 극은 통한다고 했지. 호균이 세 번째 돌팔매
를 하고 나서 손을 털며 생각했다. 냉정과 오만의 다른 극점은 무

엇인가. 열정과 비굴? 그는 두 낱말 모두 싫었다. 이내 머릿속에서 지웠다. 옆을 보았다. 지수가 개울 속에 잠긴 작은 돌멩이들을 들추고 있었다.

"지수 씨! 잘 됐네요. 우리 가재를 잡아 가재한테 물어보기로 해요. 가재가 더 정확하고 편견도 없을 테니까. 어서 가재를 잡아요. 어디 갔지? 가재도 뭘 아나? 도무지 협조를 안 하네."

호균이 말하며 부지런히 돌멩이를 들췄다. 그러나 그는 놀라서 도망치는 가재를 보고도 잡지 않았다. 그런 그를 지수가 슬픈 눈으로 쳐다보았다.

"난 아버지가 없어요."

지수가 나직이 말했다. 호균은 고개를 들지 않았다. 문득 담배를 피우고 싶은 충동이 일었지만 참았다.

"엄마한테 마구 울면서 대들었어요. 아빠를 만들어 내라구. 지금 생각하면 엄마한테 미안해요. 아빠는 나한테만 필요한 게 아니라 혼자 지내는 어머니에게 더 필요하다고 깨달은 게 얼마 안 됐어요. 아빠 만들어 내라고 엄마한테 발버둥치고 울 때 엄마가 회초리를 가져와서 나한테 자기를 때리라고 했어요. 다시는 아빠를 찾지 않게 될 때까지 때리라고. 그래서 때렸어요. 옆방에 세들어 사는 집 아이가 있었는데 날보구 '아버지 없는 후레자식'이라고 욕했거든요."

지수는 말끝에 웃는 듯했다. 힘든 건 누구에게나 있겠지. 호균은 방금 들춘 돌멩이 틈에서 죽은 듯 움츠린 커다란 어미 가재를 잡지 않았다.

"우리 엄마는 이상해요. 내가 잘못해도 꼭 엄마를 때리라고 해요. 친구들한테 물어봤는데 그런 엄마가 없더라고요."

"아버지가 어릴 때 돌아가셨나요?"

"그렇대요."

지수가 말했다. 맨발을 개울물 속에 담그고 눈길은 물속 깊은 데에 닿았다.

"지수 씨 아버지는 무얼 하시던 분인가요?"

"엄마는 자세히 말하지 않아요. 그냥 좋은 아버지라고만 해요. 왜 그런지 학교 선생님 하셨을 것 같아요. 중학교. 아니 초등학교. 고등학교일까? 사실은 몰라요. 아버지 이야기하면 엄마 표정이 슬퍼지기 때문에 말하지 않게 돼요. 그래도 엄마나 나나 아버지를 품고 살아요. 집에 불이 한 번 나서 사진도 없대요. 좀 이상해요."

"세상엔 이해하기 어려운 일도 많고 다 이해하려고 하는 것도 무리고 그럴 겁니다."

호균은 말하며 생각했다. 세상엔 불행한 사람도 많다. 그러나 희망이 없어서 불행하지도 못한 사람은 많지 않다. 그건 지옥이니까. 지수가 여인숙에 와 본다면 어떤 생각을 하게 될까. 그러고도 나를 좋아할 수 있을까. 좋아한다는 건 뭔가. 그게 사랑인가. 술 취해서 자신의 방으로 와 울면서 옷을 벗은 창녀 명희. 함께 소주

를 병으로 들이켜고 욕정을 태워 재에 뒤범벅되던 시간, 사랑은
있었던가. 호균은 천천히 물에서 나와 젖은 발을 바위에 문질러
물기를 말리고 양말을 신었다. 지수가 발끝을 참방댈 때마다 튀어
오르는 물방울을 바라보면서 호균은 미애의 편지를 떠올렸다.

사랑하는 구드브란드.

어젯밤엔 당신 꿈을 꾸었어요.

그는 웃었다. 처음엔 장난처럼 쿡 터지던 웃음이 점점 더 크게
울려서 골짜기를 흔들 것만 같았다. 너무 웃어 얼굴이 벌겋게 물
든 호균이 지수에게 다가왔다.

"가난한 사람은 좋아하는 사람에게 예쁜 걸 사줄 돈이 없지요.
그렇지만 달빛을 엮어 목걸이도 만들고 반지도 만들 수 있어요."

호균이 말했다. 지수가 놀란 눈으로 거의 황홀하게 쳐다보았다.

"가난한 노동자의 사랑을 그린 유행가인데 판매 금지 됐지요.
불온한 노래라고. 미국 노래입니다."

호균이 아무렇지 않게 나직이 말했다. 지수가 그를 빤히 올려다
보았다. 혹시 호균이 데모를 하다가 잘린 학생은 아닐까, 생각했
다. 그래도 왜 말하지 않지? 의문이었다. 무슨 불순 단체에 가입
된 건가? 순간 지수는 온몸에 소름이 돋는 걸 느꼈다. 불순(不純)
이 무언진 몰라도 그건 그저 무서웠다.

"굶어 본 적 없지요?"

호균이 장난스럽게 물었다. 지수는 얼떨떨한 표정으로 그를 쳐

다보았다. 호균은 그 얼굴을 향해 미소 지으며 고개를 끄덕였다. 쓰레기통을 기웃거린 적이 있지요. 너무 추워서 내의 하나 훔치려고 가게 앞을 한나절이나 빙빙 돌았던 적이 있습니다. 왜, 어떤 사람은 너무 먹어 배가 터지고 어떤 사람은 먹을 것이 없어 굶어야 하는지…… 나는 그걸 알아내고 싶습니다. 그게 제 야망입니다. 나는 당신과 길이 다릅니다. 내가 가는 길엔 길이 없고 당신은 저 훤히 닦인 길로 편히 가야 합니다. 호균은 생각했다. 이때였다.

"언제까지 이곳에 계세요?"

호균은 잠시 그게 무슨 말이냐는 표정으로 지수를 쳐다봤다. 더군다나 자신을 바라보는 순진한 지수의 표정에 그는 잠시 질리는 기분이었다. 무언가 자신이 헛발을 딛었거나 누군가의 발을 걸어 넘어뜨렸거나 한 것 같아 혼란스러웠다.

"아무 계획 없이 삽니다."

호균은 빠져나가고 싶어 이렇게 말했다.

"왜 중요한 것마다 농담으로 넘기세요. 그러지 마세요. 그러면 안 되지요."

"그래요. 지수 씨 말이 맞습니다. 미꾸라지도 아니면서 세상을 미꾸라지처럼 살아야 하는 인생도 있을지 몰라요. 세상에는 아는 거 보다 모르는 게 더 많을 테니까요. 지수 씨가 옳아요. 하지만 사람은 몰라서 상상이 안 되는 인생도 있겠지요."

호균이 말했다. 너무 차분하고 낮은 목소리여서 지수는 문득 무섬증을 느꼈다. 그러나 이내 더 큰 슬픔이 밀려와서 무섬증을 덮었다. 이상했다. 지수는 왠지 호균을 부둥켜안고 소리 내어 울고 싶었다. 왠지 그래야 할 것 같았다.

호균은 바지 주머니에 손을 찌르고 천천히 개울을 걸었다. 그가 걷고 있는 하늘 아래 산봉우리가 세 개 나란히 보였다.

누군가의 인생은 어디쯤에서 길을 잘못 들 수 있을 것이다. 그러나 인생의 길이 무엇인가. 호균은 코가 매웠다. 그는 고개를 추켜들고 먼 산을 바라보았다. 나비가 눈앞에서 날아올랐다. 처음엔 한 마리였으나 이내 어딘가로부터 두 마리가 더 날아와 서로 여러 가지 도형을 그리며 날다가 거짓말처럼 사라졌다. 내가 나비를 보았나? 호균은 홀린 기분이었다. 나비를 좇다가 호균은 산나리를 보았다. 산기슭 바위틈에 샛노란 나리가 하늘거렸다. 그는 나리에게 다가가서 한 송이를 꺾었다. 처음엔 보이지 않던 나리가 그 옆에 세 송이나 더 있었다. 나리를 들고 지수에게 다가갔다. 그는 아무 생각 없이 그저 나리의 청순함이 아름다워서 지수에게 주었다.

나리꽃을 받아 들며 지수가 눈물을 글썽였다. 순간 호균이 그 여자를 달랑 들어 올렸다. 이 여자는 어디서 왔을까. 어디서 와서 지금 나를 온통 사로잡고 있는가. 호균은 자신이 아닌 다른 사람을 흡입하듯, 영혼으로 빨아들이는 황홀한 기분에 취하기 시작했다. 가볍고 부드럽고 따뜻한 것. 그가 101번지의 여자들에게서 한 번도 느껴 보지 못한 것이었다.

그러나 두 사람이 손을 잡고 버스 시간에 맞춰 골짜기를 나와 버스를 타고 읍내로 돌아올 때, 집들이 드문드문 나타나고 자동차들이 달리기 시작할 때, 지수의 충만한 기분과는 달리 호균은 자신이 경험한 황홀이 '비현실'이었음을 절감하기 시작했다. 모멸감이 그를 고통스럽게 옥죄었다.

8

신호균은 말이 없는 편이었다. 여인숙 거리나 선원의 집 근처에 서는 호균이 말이 없는 사내로 기억됐다. 무엇을 골똘히 생각하는 모습인데 무엇을 생각하는지 아무도 상상하지 못했다. 불량한 거리에 살면서 모습은 전혀 불량스럽지 않은 것도 특이했다. 그런 그가 요즘 들어 더욱 우울해 보였다.

"오빠 연애해?"

어느 날 명희가 물었다.

"연애가 뭔데?"

경멸이 가득 고인 목소리로 호균이 되물었다.

"누가 죽었어?"

"죽을 사람도 없다!"

"오빠 혼자 잘난 게 큰 병이야."

명희가 이렇게 욕했다. 호균은 고개를 끄덕였다. 그리고 명희를 쳐다봤다.

"오빠 외로우면 내가 잠깐 짬 내서 연애해 줄게. 그런 걸루 외로 워하지 말랬잖아. 정애, 희옥이, 미애, 그년들 다 나랑 같은 맘이 야. 오빠가 다른 여자랑 연애하건 결혼하건 마찬가지 맘이라니까. 우리가 의리 빼면 뭐가 있어? 알면서."

명희가 진정으로 위로하고 격려했다. 그러나 호균은 아무 말도 하지 않았다. 그는 지수와 산에 다녀온 이후 더욱 말이 없어졌고 그 이유를 그가 모르듯 명희도 알지 못했다.

이 날 오후 호균은 차로 10분 걸리는 시장 거리로 두 시간이나 걸어갔다. 눈앞에는 지수네 가게 간판 글씨가 아른거렸다. 과일가 게 좌판 앞에서도 수퍼마켓을 바라보면서도 그는 선물의 집을 보 는 착각에 빠졌다. 그러면서 정작 그는 선물의 집을 피해 골목을 외돌아 클레오파트라의 문을 밀었다. 주인은 기다렸다는 듯이 반 겼다. 지수가 너무 좋아하겠다! 그 여자가 인사말로 이렇게 중얼 거렸다. 언제부턴가 지수의 입에서 호균이란 남자의 이야기가 실 꾸러미 풀리듯 풀려서 귀에 못이 박힐 지경이었다.

"지수도 이리 오겠네요?"

호균이 자리를 잡자 엽차 잔을 들고 온 그 여자가 들뜬 목소리 로 물었다.

"지수 씨는 모릅니다. 다른 사람과 약속이 있습니다."

호균은 생각지도 않았던 대답을 하고 자기도 놀랐다. 하지만 곧 그의 머릿속에 '다른 사람'이 떠올랐다. 그는 윤 형사였다. 그는 올 때부터 이런 촌구석에서 반년 이상 썩으면 윤가 성을 갈겠다고 말했다. 요즘 그가 '건수'를 올리려고 눈에 불을 켜고 다녔다. 호균도 두어 번 그를 만났다. 엊그제도 선원의 집에서 그는 호균의 옆을 비켜 가며 비수(匕首)를 날리듯 한마디 던졌다.

"자네 요즘 뭐 믿는 데가 새루 생겼나? 누이 좋구 매부 좋은 게 좋은 건 줄 잘 알지?"

말은 부드럽고 가벼웠다. 그러나 날카롭고 매서웠다. 인연이란 알 수 없는 것이었다. 그가 부임했을 때 익수와 함께 '정표'를 들고 인사를 갔었다. 그가 사람을 보는 눈매는 날카로웠다. 욕망과 야심이 지글거리는 눈빛이 탁해 보였다.

"우리가 서로 공생 관계라는 건 하나 더하기 하나 보다 쉽지. 자네들을 믿네! 재미는 혼자만 보지 말구."

익수는 윤 형사가 화끈해서 좋다고 말했다. 그러나 호균은 한동안 그를 생각하면 살에 소름이 끼쳤다.

익수가 요즘 이상했다. 호균을 만나면 윤 형사가 안부를 묻더라고 전했다. 호균의 전과는 이미 파악이 끝났을 터였다. 그가 원하는 건 철마다 넘치는 이곳의 다양한 특산품만은 아니었다. 시시때때로 진상하고 관광지로 유력 인사의 친인척을 적절히 초대해 꼭지가 돌게 대접하기에 부족함이 없도록 조처해 주는 것만도 아니었다. 무언가 획기적인 것, 눈에 번쩍 뜨이는 것, 누구나 흥미를 느낄 참신한 것, 그런 '사건'이 필요했다.

왜 그럴까. 윤 형사가 드리운 낚싯줄의 밑밥이 소름 끼쳤다. 이유도 없이 그냥 그랬다. 익수에게도 내색하지 않았다. 그저 육감 같은 것이었다. 생각만 해도 싫은 느낌이 도는 상대가 있을 것이었다. 그래서 사람 사이엔 악연(惡緣)이란 말이 생겼을 것이다.

"차는 손님 오시면 드릴까요?"

주인 여자가 와서 물었다. 상냥하고 집요한 눈으로 호균을 살폈다. 왜 순진하기 그지없는 지수가 이 남자에게 사로잡혀 치통 앓듯 고통스러워하는지 알고 싶을 것이었다. 그러나 호균은 틈을 보이지 않았다. 그는 손님을 기다리는 중이었다. 그 손님은 물론 남자일 것이었다.

"제가 먼저 한 잔 마시겠습니다. 커피로 주십시오."

여자는 재떨이를 놓아 주고 돌아갔다. 노란 알루미늄 재떨이는 가장자리가 조금씩 으깨져 있었다. 누군가 장난 삼아, 혹은 화가 나서, 어쩌면 실수로 일그러뜨렸을 재떨이를 바라보면서 호균은 문득 자신을 책망하기 시작했다. 무슨 짓을 하려는가. 내가 왜 이곳으로 왔는가. 어쩌자는 건가. 밖으로 난 문은 굳건히 닫혔는데 호균은 사방에서 자신을 바라보는 시선을 느꼈다. 보이지 않는 지수와 또 다른 쪽에서의 눈, 윤 형사로부터 에워싸이는 느낌이 들었다.

곧 낮고 무겁고 비장한 「핀란디아」의 선율이 흘러나오기 시작

했다. 소리가 점점 커졌다. 여자가 호균의 기색을 살피며 소리를 조절하는 게 틀림 없었다. 호균은 「핀란디아」가 버거웠다. 그는 이런 친절이 불편했다. 하지만 내색하지 않았다. 곧 여자가 찰랑 찰랑 흘러넘칠 것 같은 커피 잔을 쟁반에 받쳐 들고 와서 내려놓았다.

"커피 좋아하실 거 같아서 많이 드렸어요. 모자라면 더 드세요. 얼마든지 드릴 테니까요."

입 안에 침이 가득 고인 듯한 목소리. 비밀을 다 안다는 듯한 표정. 비밀에 동참하고 있다는 듯한 은밀한 발걸음. 호균은 모든 것이 버겁고 싫고 부끄러웠다. 그런 감정을 누르고 커피 잔을 입에 댔다. 커피는 달고 썼다. 이것만 마시고 나간다. 그는 맘을 정했다. 이것만 마시고.

커피 잔을 다 비우기 전에 주인 여자가 그에게 다가왔다. 묻지도 않고 앞자리에 앉았다.

"커피 맛 어때요?"

"좋습니다. 그런데 여긴 늘 이렇게 한가한가요?"

"망할까 봐 걱정되지요? 괜찮아요. 밤에 단골들이 와서 비싼 술 팔아 주면 돼요."

여자는 묻지 않은 말까지 하면서 호균을 지켜봤다. 그가 빈 잔을 내려놓자 더 드릴까요, 물었다. 호균을 손사래를 치며 거절했다. 그래도 그 여자는 일어서지 않았다. 호균은 부러 출입문을 흘깃거렸다.

"무슨 일을 하세요?"

여자가 호기심을 웃음에 감추고 물었다. 지수보다 되바라지고 지수보다 더 세련되고 지수보다 영악하고 지수보다 똑똑한 여자라고 호균은 생각했다.

"맞춰 보시죠."

호균이 싸늘하게 뱉었다. 그는 지금 이 자리에 앉아 있는 자신의 너절함이 싫었다.

"공부하시는 분 같기도 하고 시인 같기도 하고 뭘 연구하시는 분 같기도 하고. 여긴 뭘 연구하시는 분들이 오더라고요. 석탄이나 석회, 민속과 항구 뭐 그런 거요. 혹시 시인 아니세요?"

호균은 고개를 숙였다. 그는 이제 일어나야지, 생각했다.

"지수도 손님에 대해 아무것도 모르데요? 그렇죠?"

"네."

"그러면서 푹 빠졌더라고요."

"……."

"사람을 좋아하는 게 참 대책 없지요? 그 앤 순진한데. 시골에서 자라 여기밖에 모르니까요. 어머니가 생선 장사해서 고이 길렀는데. 지수가 원하면 유학이라도 보냈을 텐데. 그런 어머닌 세상에 없어요. 참. 만나셨다지요?"

"네."

"그런데 정말 시 쓰세요?"

여자가 호균을 파고들듯 한 눈으로 바라보며 물었다. 호균은 그 눈빛이 부담스러워 고개를 떨구었다.

"정말 시 쓰시는구나. 그걸 뭘 감추려고 하세요? 책도 내셨겠네요? 제목은 뭐예요?"

여자가 마구 지껄였다. 그러고도 모자라 여기 단골손님 중에 한 분은 어구(漁具) 상점을 하는데 가게는 부인이 보고 그 분은 산천을 돌아다니며 시만 쓴다고 하였다. 너무 멋있어서 몇 번 이야기하다 보면 이슬만 먹고 사는 분 같다, 생각된다고 하였다.

시인. 호균은 입 안에서 그 낱말을 굴려 보았다. 이슬만 먹고 산다. 허영의 극치라고 생각했다. 허영과 사치가 어떻게 사람을 위로하고 즐겁게 하는지, 호균으로선 이해가 불가능했다. 여자는 급기야 외고 있는 시구를 읊조리기 시작했다. 바다, 갈매기, 슬픔, 사랑, 파도, 모래, 그리움. 호균은 그런 단어들을 들으면서 그 여자가 감상의 늪에서 나오길 지루하게 기다렸다.

"시의 힘은 대단한 거 같아요."

이윽고 여자가 호균을 빤히 쳐다보며 몽롱한 말투로 말했다. 순간 호균은 자신이 너절하게 느껴졌다. 너절하게 느껴지는 자신이 역겨웠다. 역겨워지는 비현실에 환멸을 느꼈다. 그는 단호하게 발을 떼어 놓았다.

"잠깐만요. 여기서 약속하셨다면서요."

여자가 호균의 팔을 잡고 말했다. 이때 둔한 문짝이 안으로 밀리며 환한 빛이 밀려들었다. 문을 등지고 선 호균은 여자의 시선을 따라 뒤를 돌아보았다. 지수가 웃으며 다가오고 있었다. 그의 내면은 급하게 갈아 낀 화면처럼 달라졌다. 여태 이곳에서 그가 시달렸던 감정들은 거짓말처럼 씻겨 나갔고 그는 항복해서 편해진 패잔병 같았다.

지수가 그의 앞에 앉았다. 그는 자신이 언제 지수 앞에 그대로 주저앉았는지 까무룩 정신을 놓았다. 두 시간도 넘게 먼지 이는 길을 걸어서 이곳으로 와야 했던 이유가 마침내 확연해져서 그는 차라리 개운했다. 둘은 인사하고 안부를 서로 묻고 지수는 후배가 와서 가게 문을 닫을 때까지 봐주기로 했다는 말을 하고 호균은 고개를 끄덕이고 불안과 흥분을 동시에 느끼고 그는 이곳에서 약속이 있었는데 깨졌다고 말하고 주인 여자가 가져다 준 사이다를 앞에 놓고 동시에 고개를 숙이거나 어긋나게 그렇게 하거나 서로 문득 미소 짓고, 낯을 찡그리고, 눈을 감았다 뜨고, 턱을 괴고 그랬다. 지수는 이쯤에서 호균 씨가 자꾸 생각났다, 그냥 생각나곤 하였다, 두 번이나 꿈꿨다, 하지만 나는 여러 가지로 그쪽에 비하면 부족하다고 생각한다는 말도 했다. 부족하다고 느끼는 게 뭐냐고 호균이 묻자 지수는 자신이 고졸이며 시골 바깥을 벗어난 적이 없고 외로운 가족을 이야기했다. 호균은 머리 숙이고 듣기만 하였다.

그러나 대답은 속으로만 하였다. 나도 몇 번 지수 씨 꿈을 꿨다거나 어느 순간 보이지 않는 느낌으로 지수 씨가 자신을 에워싸는 것 같다거나. 지수 씨는 반드시 행복해야 하고 친척 많은 남자랑 결혼하게 되길 바란다거나. 그러다가 불쑥 물었다.

"지수 씨는 혹시 양귀비를 아십니까?"

"그럼요!"

지수가 눈을 반짝 빛내며 그를 쳐다봤다.

"양귀비 모르는 사람이 있을까요? 그 미인을요. 당현종과의 사랑도요."

지수는 꿈꾸는 표정으로 말했다.

"양귀비꽃은 봤나요?"

"그건 못 본 거 같아요. 그게 그렇게 아름답다고 그러던데. 내가 어렸을 때 자주 배앓이를 했대요. 그래서 엄마가 동네 할머니한테 얻었다는 새카만 양귀비 고약을 물에 타서 먹였다고 그래요. 초등학교 다닐 때도 먹었던 기억이 나요. 모기 물려 긁은 데에도 바르고 그랬어요. 그런데 왜요?"

호균이 고개를 저었다. 그리고 창을 닫듯 고개를 숙였다. 이때 주인이 탁자에 접시를 내려놓고 들며 이야기하라고 말했다. 인절미와 절편이었다. 호균은 고개를 떨군 채 이거 잔치 떡이네? 하는 지수의 말을 들었다. 결혼한 이종 사촌이 큰 떡을 해 왔다고 여자가 말했다. 이거 좀 드세요. 호균을 고개 들게 한 건 그 여자였다.

"고맙습니다."

호균은 의례적으로 말했으나 마음은 양귀비 밭에 있었다. 그가 지수에게 문득 양귀비를 아느냐고 물었던 건 지수의 환상을 깨려는 것이었는데 지금 호균은 환상을 넘어 과거의 현실 속으로 빨려들고 있었다. 지수가 포크에 찍어 준 인절미를 한 입 베어 물고 그는 달빛 흐드러지게 내려앉은 양귀비꽃 밭을 그렸다. 달이 휘영청 밝은 날이면 산천초목이 잠을 자지 못한다, 양귀비는 흐드러지게 가슴을 풀고 달은 밤새도록 꽃술 사이로 스며든다. 스며들고 스며들어도 흔적이 없다. 그 신비한 통정이 감지될 때 나는 목 놓아 울었었다…….

호균은 가슴이 척척하게 젖어드는 걸 느꼈다. 그는 젖은 눈으로 지수를 바라봤다. 취하고 싶었다. 무책임해지고 싶었다. 자신을 내동댕이치고 싶었다. 아무렇게나 쓰레기통 뒤지고 시장 통에서 여러 가지 상자를 뜯어 바람을 가리고 덮고 잠들면서 인생이라는 것을 잊고 싶었다. 도대체 사람이라고 부르는 사람들이 사는 동네는 있는가.

저 여자는 누군가. 나에게 저 여자는 뭔가. 어떻게 오고 어떻게 떠날 것인가. 명희와 미애와 저 여자는 다른가? 달라야 하는가? 호균은 술기운 없이 몽롱하게 취하는 중이었다.

"빨래는 누가 해요?"

지수가 무슨 상상을 했는지 생글거리며 물었다. 순간 호균은 지수의 티 없는 생글거림에 풍덩 빠지고 싶은 강렬한 충동에 사로잡혔다.

"지수 씨를 잊지 못할 겁니다."

호균은 취해서, 어지러워서, 숨 쉬기 어려워서, 토하듯 말했다. 그는 고개를 숙인 채여서 방금 지수가 얼마나 놀랐는지 순간의 표정을 볼 수 없었다. 두 사람은 제각기 자기 감정에 빠져서 잠시 침묵했다. 침묵을 가르고 지수가 물었다.

"여길 떠나시나요?"

호균은 지수의 말을 이해하지 못해서 네? 묻는 표정으로 고개를 추켜들었다.

"언제 떠나세요?"

지수가 슬프고 당황한 표정으로 다그쳐 물었다. 그제야 호균은 지수의 의문과 불안을 이해하곤 아릿한 눈길로 지수를 바라보고 손을 내밀었다. 지수가 탁자 위에 얹힌 호균의 손을 바라보기만 했다. 나도 호균 씨를 잊지 못할 거다, 어떻게 잊냐, 아주 헤어지진 말기로 하자, 언제 다시 돌아오느냐, 속으로 이렇게 묻느라 정신이 없었다.

호균이 의자에서 일어섰다. 지수가 울상이 됐다.

"여긴 숨이 막혀요. 너무 답답합니다. 나갑시다."

호균이 울상인 채 절박한 눈길로 바라보는 지수에게 말했다.

바다는 드넓고 푸르고 바람결은 청결했다. 지수는 휘날리는 긴 머리를 손으로 모아 쥔 채 걸었다. 그사이 호균이 떠나지 않는다, 갈 데가 없다, 이렇게 말했어도 안심을 하지 못했다. 호균에게선 무언가 휙 사라져 버릴 것 같은 묘한 분위기가 풍겼다. 그래서 호균이 어떤 사람인지 더 정확하게 알고 싶었다.

"내가 빨래해 줄 수 있어요. 어디 사는지 가 보고 싶어요. 책이 많을 거 같아요. 저도 책 읽는 거 좋아하거든요. 요즘은 수필을 많이 읽어요."

해수욕 철이 되어도 사람의 발길이 드문 모래밭에 나란히 앉았을 때 지수가 말했다. 호균은 바람에 얼굴을 휘감는 지수의 머리칼을 움켜잡으며 한 손으로 이마를 쓰다듬었다. 반듯하고 둥근 이마. 손바닥에 까슬한 여드름이 귀여운 느낌으로 만져졌다.

"지수 씨."

호균이 지수를 다정하게 불렀다. 지수가 호균을 쳐다보았다.

"내가 나쁜 사람 같아요?"

"왜 그런 말을 해요?"

"내 말 잘 들어요. 지수 씨. 나 같은 사람은 가까이도 하지 말고 알려고도 하지 말아요. 정도 주지 말고 정도 들이지 말아요. 왜냐면 지수 씨는 사랑받고 행복해져야 합니다. 난 지수 씨에게 맞지 않습니다."

호균이 지수의 귓밥을 만졌다. 따뜻하고 말랑하고 물렁뼈가 만만치 않은 그 여자의 귓밥에서 호균은 정겨움을 느꼈다. 이런 게 뭘까. 삼키고 싶은 여자에게 자신을 경계시키는 태도는 사악하지 않은가. 호균은 자기를 책망하면서 점점 더 혼란에 빠져드는 지수에게 함몰되기 시작했다. 그는 지수를 모래 위에 눕히고 그 몸이 등허리를 들 수 없도록 두 팔로 가로막았다. 지수가 말간 눈으로 그를 쳐다봤다. 괜찮다, 아무래도 좋다, 눈이 말하고 있었다. 그 눈을 삼키려고 할 때, 불현듯 민석이 떠올랐다. 너는 내 희망이라고 하던 불구의 형도 떠올랐다. 순간 그는 지수를 사로잡기 가장 좋은 자세에서 상체를 비켰다. 그는 모래 위에 벌렁 몸을 뉘고 모잽이를 했다.

그는 자신을 생각했다. 밀수품을 운반하고 마약 사범의 전과가 있는 사람. 이 땅에선 희망이 없는 사람. 죽을 용기도 없는 사람. 형사의 손바닥에 놓인 사람.

파도는 장미꽃처럼 피어났다. 겉잎을 넓게넓게 피우고 흰 거품으로 속잎을 만들었다. 먼 데 고기잡이배가 두어 척, 접안이 불가능한 외항 선박은 멀찍이 멈춰 있었다. 저녁에는 선원 회관에 가 봐야 했다. 오늘은 선원들이 많이 나오기로 미리 약속이 되어 있었다. 호균은 시계를 봤다. 4시였다. 그는 일어나 앉았다.

"지수 씨. 내 말 잘 들어요. 남자는 우선 건강하고 성실해야 합니다. 자신이 살고 있는 사회에 뿌리를 잘 내려야 합니다. 그런 남자를 만나십시오."

호균이 말했다. 눈을 감고 파도 소리를 듣던 지수가 벌떡 일어나 호균을 바로 보고 앉았다.

"왜 자꾸 그런 말 하세요. 그냥 싫다고 하지! 사랑하는 여자가 있다던가. 누가 책임지라고 그러지 않았는데 왜 자꾸 나를 초라하고 비참하게 만들어요. 제발 그러지 말아요. 난 그저 호균 씨가 자꾸 생각나고 보고 싶고 오래전부터 알고 지냈던 사람 같고 오빠 같고 아버지 같고 친구 같고…… 그런데."

입술을 삐죽거리며 겨우 말하던 지수가 눈물을 떨어뜨렸다. 호균은 입술을 물었다. 타인의 목숨이 그 향기와 체온이 뼈와 살과 핏속으로 뻐근하고 벅차고 뜨겁게 밀려드는 느낌이 그는 두렵고 두려웠다. 두려워서 그는 지수의 손을 잡았을지 모른다. 그리고 말했다.

"사람이 어쩔 수 없는 게 있을 거야."

"운명?"

호균은 자신을 쳐다보는 지수를 마주 보지 못하고 고개만 끄덕였다. 개척되면 개척되는 대로, 그렇지 않으면 그렇지 않은 대로 살아야 하는 게 인생이라고, 그렇게 믿고 싶었다.

"지수 씨. 나는 오늘 5시에 중요한 일이 있어요. 벌써 4시가 넘었네요. 나도 지수 씨가 좋아서 시간도 잊고 있었네요."

호균이 힘없이 말했다.

"죄송해요."

지수가 일어서서 옷을 털며 흔연히 말했다.

"내가 하는 일은 대개 해 질 녘부터 새벽까지입니다. 남이 보면 안 되는 나쁜 일들은 대개 그 시간에 일어나지요."

호균이 쓰디쓴 목소리로 말했다.

"빨리 가 보세요. 다시 만날 약속하고요."

"그래요. 일주일에 한 번."

"가게로 오셔도 돼요. 수요일 오후에 후배를 부를 수 있거든요."

"클레오파트라에서 오늘처럼 만나요."

지수가 택시에 오르기 전에 둘은 이렇게 약속했다. 지수는 택시 뒷자리에서 내내 호균이 보이지 않을 때까지 손을 흔들었다. 호균은 들고 있던 종이 조각을 폈다. 택시에 오르기 전 급하게 꺼내 준 그것엔 '가게'와 '집'의 전화번호가 적혀 있었다.

9

선원 회관은 입구부터 이상하게 썰렁한 기운이 감돌았다. 호균
은 자신도 모르게 발소리를 죽이며 걸었다. 안에서 여자들의 말소
리가 들려왔다. 누가 고개만 삐죽 내밀어 바깥을 살폈다.

"오니?"

"아니."

"문 열렸잖아."

"오빠구나."

초조하게 선원들을 기다리는 창녀들의 눈은 바람결에도 빛났다.

"오빠야. 니기미 목타 죽겠다아."

씹던 껌을 입에서 꺼내 양손가락으로 길게 늘였다가 다시 뭉쳐
서 늘이기를 되풀이하던 창녀가 투덜댔다.

"오늘 나오긴 나오는데 숫자가 얼마 안 되겠어."

호균이 곤혹스럽게 말했다. 오늘은 선원들이 벅적거려서 창녀

들이 배짱부리고 일을 할 줄 알았는데 사정이 달라진 것이었다.

"제비 뽑아야지 뭐."

명희가 발끝을 내려다보며 중얼거렸다. 다투어 짤깍짤깍 껌 씹는 소리도 죽어 버렸다. 방 안엔 불안과 실망과 좌절감이 짙은 화장에도 숨겨지지 않고 드러났다. 누가 벽에 붙은 표어를 죽 찢어 왔다. 그것을 열둘로 나눠서 숫자를 적었다. 꼬깃꼬깃 말아서 공중에 흩뿌렸다. 한 장씩 다투어 잡았다. 1번이 만세를 불렀다. 10번과 11번이 서로 가 버리자고 눈짓을 했다. 7번까지만 남고 나머지는 느릿느릿 방을 나섰다.

호균은 한쪽에서 참혹한 기분으로 그런 여자들을 지켜보았다. 선원들 숫자가 적어진 것이 자기 탓이나 되는 것 같아서 낯이 뜨거웠다.

"오빠! 난 재수 없게 7번 잡았는데…… 이거 해골이 여엉 헷갈려!"

명희였다. 오늘은 일곱 명이 나오기로 되어 있었다. 그러나 여섯 명이 될지도 몰랐다.

"일곱이라고 했거든."

호균이 눈을 찡그리며 자신 없게 말했다. 명희는 낫자루를 그려 놓은 것 같은 '7' 자가 적힌 쪽지를 머리 위로 들고 흔들며 쓰게 웃었다.

항구의 아가씨들은 두 패로 딱 갈렸다. 영어나 일본어, 중국어 몇 마디로 몸 파는 데 거리낌이 없는 패와 외국 남자는 돈을 가마니로 줘도 싫다는 패였다. 양쪽은 서로 경계를 지켜 줬다. 하지만 외항 선원이 씨가 마를 땐 명희도 몰래 그 경계를 허물고 거리에 나가야 했다. 명희는 그 짓이 곤혹스러웠다.

호균은 천천히 선원 회관을 걸어 나왔다. 맥이 풀렸다. 이게 대체 무슨 꼴인가. 하루하루를 불확실한 가능성에 목숨을 매달고 사는 인생이 하나가 아닌 게 다행일까, 생각했다. 그의 뒤로 팔짱을 낀 창녀 둘이 이야기를 하며 따라오고 있었다. 여자들은 선원의 집으로 가볼 것이다. 선박 가까운 데 있는 선원의 집은 바람이나 쐬러 나와서 가볍게 맥주나 음료수를 마시고, 낯선 나라의 사람과 풍경을 바라보려는 가난한 선원들이 들르는 곳이었다. 그들과 눈을 맞춰서 공술과 공담배를 얻어먹고 재수 좋으면 '짧은 밤'도 즐길 수 있었다.

선원의 집에선 창녀들이 오는 걸 반겼다. 고국의 부모 형제나 처자식에게 보낼 돈을 떼어 단지 군것질 조금 하려고 나오는 선원들의 껍데기를 벗기는 건 각자의 능력과 운수소관이었다. 선원의 집에서도 건수를 올리지 못하면 창녀는 그날 공을 치는 것이었다. 공을 쳐도 포주에겐 하루 일당을 계산해 줘야 했다.

소금기와 비릿한 피 냄새가 밴 후끈한 바닷바람이 불어왔다. 낡고 허술하고 낮고 어두운 집들 사이, 작은 소나무 숲속에서 이물질처럼 네온이 깜박거렸다. 호균은 네온이 멀찍이 바라보이는 길가에 섰다. 등 뒤에는 풀이 돋은 낡은 기와지붕의 재실과 오래된 소나무와 묘지가 있었다. 2백 년 전, 딸을 왕가에 시집보낸 집안의 묘지였다.

작은 화물차가 지나갔다. 희뿌연 먼지가 피어올랐다. 호균은 눈을 쪼프렸다. 무너져 버릴 것 같이 막막하고 허전했다. 끝없는 모래벌판에 버려진 듯한 불안과 두려움이 배앓이처럼 감지됐다. 그는 지수를 생각했다. 부끄러워졌다. 지수와 자신은 국도와 지방도와 마을 길로 이어진 땅 위에 살지만 세상이 다르다고 생각했다. 선원의 집에서 나오는 빈 택시를 잡아 타고도 그는 잠시 행선지를 묻는 운전기사에게 대답하지 못하다가 거푸 어디로 가느냐고 할 때에야 시장 건너편이라고 대답했다.

시장 건너편은 101번지였다. 호균이 시장 앞에서 내릴 때, 건너편 101번지 앞에서 익수가 반가운 얼굴로 바라보고 있었다. 익수가 신호도 무시하고 달리는 차들 사이를 이리저리 피하며 건너왔다. 멍한 눈으로 아득한 데를 바라보던 호균은 익수를 알아보지 못했다.

"히야, 쥐약 먹은 사람 따루 없네 혀엉."

익수가 호균 앞에 바짝 붙어서며 말했다. 호균은 거의 2,3초나 멍한 눈으로 익수를 본 다음에야 기운 빠진 목소리로 말했다.

"너구나."

"사람이 좀 어딜 가면 간다, 기별하구 댕기문 성이 바뀐답디까?

젠장 왼종일 찾았네 그려. 이눔의 좁은 바닥을 얼마나 이 잡듯 훑었는 줄 알우?"

"날 찾았어?"

"형님은 사람이 너무 차구워서 재수 없어. 서루 의지하구 살기루 했으면 오구 가는 데는 서루 알구 지내야 하는 거 아니유?"

"미안하다."

"미안할 건 없수. 뭐더라, 차암 김 씨 말이유. 뉴유토피아지? 지금 들어와 있는 선박에 왜, 김 씨 있잖우. 형님을 되게 찾더라구."

"그래?"

"가 보지 않을래요?"

"어딜?"

"확실히 이상해."

익수가 혼잣말을 하였다. 얼이 빠진 게 분명했다. 무슨 일이 있는 게 틀림없었다. 익수는 걱정스러운 낯으로 고개를 갸웃거렸다.

"그래. 가 보자."

호균은 비로소 생각이 나서 미안해하면서 익수의 팔을 툭 쳤다. 익수가 담배를 길가에 던졌다. 그는 주머니에 손을 찌르고 반 발짝 앞서 걸었다. 횟집 골목으로 들어갔다.

"7시 반에서 8시 사이에 만나자구 했는데……."

익수가 말하면서 시계를 꺼내 보았다.

"시간 다 됐네, 젠장."

익수가 발걸음을 빠르게 옮기며 말했다. 그는 꺾어 신은 운동화의 뒤축으로 탁탁 소리 내며 걷기를 좋아해서 지금도 방정맞은 소리를 내면서 걸었다.

뉴유토피아의 김 씨는 10년 경력의 2타수 선원이었다. 그는 호균을 통해 두어 번 물건을 내다팔았는데, 이번에는 예정보다 정박 기간이 닷새나 길어져서 돈은 떨어지고 몸은 근질거려 온종일 호균을 찾았던 것이다.

익수는 횟집들 사이에 낀 술집 '갈매기'로 들어갔다. 문짝 위에 가로등처럼 갓을 씌운 등을 매달아 놓은 술집이었다. 서너 평 크기인데 탁자 세 개를 놓고 주방을 붙인 자그마한 곳이었다. 40대의 주모 혼자서 일을 보았다.

"아이구 죄송해서. 먼저 와 계셨네요."

익수가 허리를 굽히며 구석 자리 벽에 비스듬히 기대앉은 김 씨에게 인사했다. 그는 벌써 소주를 한 병이나 비우고 두 병째를 앞에 놓고 있었다. 방금 버무린 것 같은 깍두기에, 데친 오징어가 담긴 접시는 군데군데 버짐 먹은 자리처럼 비어 있었다.

먹물을 들인 것처럼 새카만 머리카락을 목에 닿도록 길러서 고불고불 지진 주모가 보리새우를 가져다 놓았다.

"저 아줌마가 보통이 아니더라구. 글쎄 날보구 대뜸 배 타시죠? 하지 않겠어. 씨팔 뱃놈은 마빡에 무슨 뱃놈자 써 붙이구 댕기나, 씨팔."

김 씨가 술기운을 덧들이려는 듯이 눈을 희번득이며 말했다.

"저 양반 좀 봐. 선원이 얼매나 좋아요. 공짜루 세상 구경 다 하구. 마도로스 항군데 뭘 그래요?"

주모가 능숙하게 삼수기 두 마리를 토막 쳐서 거죽에 새까만 똥이 찌든 알루미늄 냄비에 넣으며 참견하였다. 김 씨가 욕정이 번지르르 스멀거리는 얼굴로 입을 벌리며 주모를 삼킬 듯이 바라보았다.

"신 형."

김 씨가 고개를 턱 아래로 빼어서 호균과 익수 앞으로 대며 낮은 소리로 말을 하였다.

"여자가 저 정도루 푸욱 삭자면 사내 고역을 얼만큼 치렀을지 짐작이 가우?"

김 씨는 말하고 나서 입을 쩍 다셨다. 세 사람은 소주에서 막걸리로 술을 바꿨다. 아는 사람만 알고 다니는 밀주집이어서 익수가 손짓만 하면 내놓았다.

"아짐씨! 찌개 냄새에 환장하겠네! 거기다 내 맘두 넣어서 부글부글 끓여 봐요, 힝."

김 씨가 주모 쪽에 실눈을 뜨고 말했다.

"연애두 국제적으로 걸어 봐야 저 정도루 도가 틀 거다. 그러치, 형?"

익수가 김 씨 듣게 호균을 보고 말했다.

"말해 뭐해. 내가 젊은 사람들 기죽일까 해서 말을 삼가니 그렇지…… 내가 태극기 꽂지 않은 나라가 읎어. 미국…… 거 양년은 말할 것두 없구 독일년 대만년 필리핀년 일본년 거 뭐더라 영국년 프랑스년…… 나만큼 국위 선양한 놈두 많지 않을 거라. 놀기는 대만 홍콩이 그저야. 100불 한 장이면 주지육림이라. 필리핀이나 말레이시아에 가봐. 년들이 배루 올라와서…… 히야 그거 막 골라 가며 짧게 살림 사는 맛! 히얏!"

"니이미 나두 선원이나 될까? 어때요, 될 수 있겠어요?"

"양지가 있으면 음지가 있는 법. 사람은 사람끼리 부대끼며 사는 게 그중 좋은 걸세. 바다에서 풍랑 한번 되지게 만나고 나면, 바다? 오줌두 누기 싫은 데가 바다라네."

김 씨는 생각만 해도 넌더리가 나는 듯 고개를 마구 저었다.

"사람 사는 게 다 그렇구 그렇지요. 양지만 있으면 그게 어디 사람 사는 세상이래유?"

주모가 찌개 냄비를 들고 오며 끼어들었다.

"당신 정말 맘에 쪽쪽 드니 이걸 우쩐대 여보? 까짓 거 아주 가는 길에 홍콩까지 갔다 오게, 거 술 말루 갖다 놓으슈."

김 씨가 주모의 엉덩이를 어루만지며 말했다.

"차암, 풍랑이 심할 땐 어떻게 지내세유? 워낙 덩치가 큰 배니까 끄떡은 읎지유?"

"얘기하자면 길어! 소설책 열 권 가지구두 안 돼!".

김 씨가 정색을 하였다. 그리고 그는 주모가 옆에 앉자마자 '외항 선원살이'를 이야기했다. 예기치 못한 태풍권에 휩쓸리면 배가 제자리걸음을 한다, 파도는 5미터에서 10미터까지의 높이로 들이치고, 선원들은 초비상 상태에 들어가고, 밥도 할 수 없어 가마솥에 닭죽을 끓여선 선 채로 퍼 먹는다, 항해를 오래도록 하다 보면 바다를 건너던 새들이 지쳐서 쉬려고 배에 들어온다, 잡아도 날지 못한다, 기운이 떨어져서 그렇다, 먹을 것을 주고 며칠 보살피면 다시 날아간다, 일출과 일몰을 찍어서 전시회에 내는 선원들도 있다, 일출과 일몰은 언제 보아도 신비스럽고 경건하다…….

이때 호균이 슬며시 일어서서 변소가 아닌 바깥으로 나갔다.

"아직 총각이지유?"

주모가 턱으로 문 쪽을 가리켰다.

"총각은 무슨 얼어 죽을 총각! 장가를 안 갔지!"

익수가 혀 꼬부라진 소리로 뱉었다.

"그럼 그렇지. 내 눈은 못 속여. 지금 애인한테 전화 걸러 갔을 거라구. 틀림없어. 눈에 꽉 씌었는데 뭘. 나 연애합니다 하구."

주모가 말했다. 익수가 고개를 갸우뚱거렸다. 주모의 말이 믿기진 않지만 믿지 않기엔 뭔가 미심쩍은 게 느껴졌다.

호균이 공중전화를 두어 바퀴 돌다 그냥 갈매기 집으로 돌아왔을 때, 그들은 한창 '밀항'에 대해 이야기하고 있었다.

"그게 정해진 값은 읎어. 워낙 목숨 내놓고 하는 일이니 2백 받

었다는 눔, 5백 받었다는 눔, 심지어 5천만 원 받었다는 눔두 있대. 이 땅덩어리에서 저 땅덩어리루 탈 없이 빼내 주는 건데 들통나 봐. 같이 영창 살지…… 골치 아픈 일이야."

"제길! 한 장만 있으문 이 동네 떠서 팔자 한번 고쳐 볼 텐데……."

익수가 늘어지게 기지개를 켜며 말했다.

10

떗목 같은 작은 배 땜마는 새벽 2시에 띄우기로 했다. 일은 넉넉잡아 한 시간 반이면 끝날 것이었다. 동트기 한 시간 전에는 모든 일이 '없었던 것처럼' 끝나야 했다. 모처럼 생긴 큰일이라서 호균은 긴장되고 또한 기분이 좋았다. 그는 새로 사 입은 유명 상표의 여름 양복을 차려입고 여인숙을 나섰다. 여인숙 앞을 비질하던 종업원 아줌마가 허리를 펴고 호균을 쳐다보았다.

"역시나야. 어딘가 달러! 소문이 맞는 거여."

그가 호균의 등 뒤에 대고 들리게끔 말했다. 그 여자는 호균이 왠지 시건방져 보여서 좋아하지 않았는데 연애한다는 소문 듣고 되려 좋게 보기 시작했다. 자신은 춤 바람으로 미쳐 나돌다가 택시 기사인 남편에게 쫓겨나고 카바레에서 배를 맞춘 남자와도 헤어지고 전라도에서 충청도 경상도로 떠돌며 이판사판 살다가 결국 101번지 여인숙에 일자리를 얻어 든 게 두어 달 되었지만 사람은 음양이 만나면 사단이 나야 인간이라고 떠벌리기를 주저하지 않는 여자였다. 이 바닥에다 호균이 연애질에 도끼 자루 썩어 나는 거 모른다고 소문낸 건 윤 형사일 거라고 호균은 믿었다. 클레오파트라에서 지수와 만나고 있는 호균을 두 번이나 본 건 그 사람뿐이었다.

"혀엉, 야 이거 정말 장가갈라나?"

익수가 골목에서 튀어나오다가 호균을 위아래로 훑으며 말했다. 호균은 까불지 말라는 눈짓을 했다.

"혀어엉! 들었어? 깡다구네 경아가 튀었다는데…… 형은 알우?"

경아? 호균은 포주 깡다구네의 창녀들을 떠올렸지만 누군지 얼굴이 그려지지 않았다.

"온 지 한 1년 되었다는데…… 참하게 생긴 년들이…… 독할 땐 더하대."

"언제 갔다니?"

호균이 물었다.

"여관에 출장 갔다가 토꼈대. 오토바이가 여관 앞에서 대기하고 있었다던데 그년이 튀었다네. 깡다구가 누군데 앉아서 3백을 절대루 안 날리지! 피를 보더라두 잡구 말걸?"

익수가 말했다. 그 말이 맞았다. 선금을 주고 데려온 창녀가 도망가면 한 패는 고향집으로 가서 부모 형제를 괴롭혔다. 포주들은

생애보다 긴 밤 141

지역끼리 선을 잇고, 선은 다른 지역과 연결되었다. 그래도 서너 번 도망가고 또다시 잡혀 와서 죽도록 매 맞아 골병들고 서서히 목숨이 시드는 아가씨들도 있었다.

경아는 별명이 팥망아지였다. 겁 많게 생긴 큰 눈에 눈썹이 짙었다. 깡다구는 경아가 들어온 뒤로 말없이 일을 잘한다고 침 흘리며 자랑했다. 값도 백만 원이나 더 했다.

"깡다구네나 가 볼라우?"

익수가 물었다.

"가 봤자지 뭐."

호균이 우울하게 말했다.

"어디…… 약속 있수?"

익수가 무슨 기미라도 잡을까, 호균의 표정을 살피며 물었다. 호균은 경아를 생각하고 있었다. '탈출'을 생각했다. 일 잘하던 창녀 경아가 도망칠 수밖에 없는 이곳, 101번지. 호균은 이곳의 벽, 이곳의 담, 이곳의 경계를 마음으로 그려 봤다.

"혀엉. 왜 그러구 있수?"

여인숙을 나올 때의 말쑥함과는 딴판으로 말없이 땅이 꺼지게 한숨을 내쉬는 호균에게 익수가 물었다.

"아침 먹었니?"

호균이 물었다.

"몇 신데 아침이유? 점심이라문 몰라두. 보슈. 12시가 다 됐네.

142

보나 마나 빈속이겠네. 가유."

익수가 발부터 떼며 말했다. 익수는 앞장서서 시장 안에 새로 문을 연 쇠고기 따로국밥 집으로 들어갔다.

"혀엉. 요즘 혀엉한테 깔치 생긴 건 분명한데 나한테 소개시켜 주문 안 되겠수? 나두 형수씨루 깍듯이 뫼실 테니까."

호균은 대답하지 않았다. 익수 앞에 마주 앉은 그는 조간신문으로 상반신을 가리고 있었다. 익수는 반주 한잔 하겠다며 소주를 달라고 하더니 제가 냉장고에서 소주를 꺼내 오고 유리잔도 앞앞이 놓았다.

"혀엉. 한잔 합시다."

익수가 술을 채운 잔을 들고 말했다.

"빈속인데."

호균이 신문을 내려놓고 중얼거렸다.

"언제 우리가 빈속 찬속 가리구 살았수?"

익수가 빈정거렸다. 곧 김이 무럭무럭 오르는 따로국밥 뚝배기가 앞에 놓였다. 중년의 주인 여자가 송송 썬 파 그릇과 다진 양념 그릇을 앞에 놓아 줬다. 양념을 치고 간을 본 익수가 먹기 좋다고 칭찬했다. 밥을 말아 퍼먹고 이마의 땀을 훔치고 밥 한 공기를 더 시켰다. 마침내 뚝배기를 들어 국물까지 마신 익수는 물로 입가심하고 배를 불쑥 내밀었다.

"이제 속이 풀리네. 사람은 그저 배때지 부르구 등이 따수워야 사는 게 사는 거지! 안 그래요?"

익수가 주인에게 그저 한마디 건넸다.

"너 영미하구 싸웠니?"

호균이 익수의 빈 잔에 술을 부어 주며 물었다.

"혀엉, 난 여자 재미 못 봤수. 그게 우리 남자하군 달라서 요물이유. 그놈의 변덕을 어떻게 맞춰. 돈만 있으면 세상에 맛있는 게 널렸겠다, 여자 지천으로 내깔렸겠다, 뭐가 아쉬워서 비위 맞추구 살우?"

호균은 빙그레 웃었다. 익수 말도 틀린 건 아니라고 생각했다.

"왜 싸웠는데."

"내가 뭐 불안하다나요? 젠장 불안하지 않은 인생이 어디 있수? 결국 내가 돈을 제대로 못 번다는 타박인데 월급쟁이는 죽었다 깨두 못하는 거 지두 다 알구 살림 채린 거 아니냐구유. 인연이 여기까지지 싶수."

익수는 술이 오른 얼굴로 인상을 쓰며 말했다.

"임신했다구 그러지 않았나?"

"몰라요. 다시 물어보지두 않았으니까. 나 같은 눔은 애당초 태어나길 잘못 태어났는데 나 같은 거 세상에 다시 만들어 봐야 뭘 하우. 난 이렇게 살다 아무 데서나 뒈질라우."

호균은 아무 말도 하지 않았다. 그는 '유전무죄 무전유죄'를 생각했다.

"내가 보기에 혀엉은 증말루 이런 데 사는 게 어울리지 않는 사람이유. 내가 뭘 몰러두 느끼는 게 있수."

익수가 말했다. 그에겐 이 바닥에서 '혀엉'이라고 부르는 남자가 많았다. 그런데 호균과는 딱 부러지게 정이 들지 않았다. 무언가 '삐딱하고 생각이 많고 기름처럼 돈다'는 느낌이 들어서일지 몰랐다.

뚝배기도 비우고 해장술도 걸친 그들은 말없이 거리로 나와서 헤어졌다. 익수는 깡다구네로 가고 호균은 갈 데도 정하지 않고 느릿느릿 어디론가 걸었다. 걸으면서 호균은 경아를 생각했다. 경아는 틀림없이 잡혀서 돌아올 것이라고 생각했다. 멀리 가지 못해서 잡히거나 연고지에서 잡힐 것이고, 설령 집에 갔더라도 적응을 못해 다시 사창가에 돌아올 것이고 다른 유곽에 들어가면 포주들의 그물망 속에 갇히게 되어 이내 돌아오게 될 것이었다.

호균은 버스를 탔다. 배낭을 진 여행객과 가벼운 바다 나들이 차림의 젊은 사람들이 많았다. 그가 짙푸른 산과 숲과 나무들을 바라보고 경아를 생각하고 다시 차창을 바라보는 동안 차는 종점에 닿았다. 정류장에서 내린 다음에야 그는 지금 자기가 어디로 왔는가를 깨닫고 스스로 놀랐다. 지수의 가게가 있는 거리였다. 그러나 그는 그 길로 들어서지 않으려 반대편으로 발길을 떼어 놓았다.

어젯밤에도 그는 잠들기 전까지 지수를 이리저리 생각했다. 생각의 끝에 그는 언제나 지수는 환상이다, 환상은 거짓이다, 이렇게 결론 내렸다. 이젠 습관 같았다. 그런데 지금 그는 다시 자신도 모르게 지수네 가게 근처로 가고 있었다. 여러 번 와 봐서 이젠 낯이 익은 야채 가게. 좌판 위에 놓인 두부는 함지 물에 잠겨 있었다. 포장 상자에 든 배추 잎은 시들어 잎사귀가 늘어졌고 자전거포에선 라디오 소리가 높고, 중국집에선 중년의 계꾼으로 보이는 여자들이 두셋씩, 네댓씩 발을 맞추어 나오고 있었다. 슈퍼마켓과 양복점도 지나쳤다.

가게 둘을 더 지나면 거기 지수가 있을 것이었다. 호균은 천천히 앞으로 걸음을 뗐다. 그의 가슴이 조여들기 시작했다. 선물의 집 바다. 쇠줄에 매달린 나무 간판이 풍경처럼 흔들리고 있었다. 시야에서 사라졌다 나타나곤 하는 간판을 보며 그는 가슴이 타들어 가는 걸 느꼈다. 아무 소용없는 짓이다. 그는 자신을 책망했다. 왜 이 시간에 이곳으로 왔나 왜 아침에 양복을 차려입었나. 위로가 필요했을 익수, 그리고 경아를 놓친 포주 깡다구. 뉴유토피아, 선원 김씨, 밀항, 큰 거 한 장, 민석, 희망…… 어느 결에 선물의 집 앞에 이른 호균은 걸음을 멈추고 한꺼번에 달려드는 모기 떼같이 들끓는 상념들로 정신이 아뜩해졌다. 부질없는 짓. 그는 구두코를 내려다보며 자신에게 말했다. 아무것도 기약할 수 없는 인생이건만 이게 무슨 짓인가. 그는 문득 고개를 추켜들고 하늘을 쳐다봤다. 너 신호균. 다시는 이런 무모한 일에 마음을 흔들리지 마라! 그는 나무

146

라고 또 나무랐다. 분노와 슬픔, 책망과 그리움이 뒤범벅으로 엄습했다. 돌아가라. 그가 자신에게 말했다. 돌아가서 현실을 직시하고 현실을 살라. 자신에게 명령했다. 명령을 받는 순간 내면으로부터 뜨겁고 차디찬 덩어리가 울컥울컥 치밀었다. 그는 입술을 아프게 깨물었다. 돌아가라. 그가 발에게 말했다. 돌아가라. 마음에게 말했다. 그러나 발도 마음도 꿈적하지 않았다.

이때 미풍에 흔들리듯 유리문이 슬며시 안쪽으로 밀렸다. 호균은 잠결에 햇살을 본 사람처럼 놀란 표정이었다. 유리문 안쪽으로 얼굴 하나가 그림자처럼 어렸다. 낯익고 익숙한 얼굴이었다. 저게 난가? 그의 뇌리에 말도 되지 않는 엉뚱한 상상이 스쳐 지나갔다.

"왜 안 들어오고⋯⋯."

그리워하던 얼굴이 유리문 바깥으로 나와서 미소 지었다. 조용하고 고요한 말소리였다. 여태 한 번도 들어 보지 못한 목소리. 진짜 지수일까? 발랄하고 겁 없어 보이던 지수는 가랑비에 몸을 씻은 산속 원추리 꽃처럼 빛과 자태가 함초롬했다. 호균의 내면에 태풍이 일었다. 한 번도 경험한 적이 없는 강렬한 태풍이었다. 경험이 없어서 어떻게 대피하고 어떻게 처신해야 할지 엄두가 나지 않았다.

그러나 그는 지수가 놓아 준 둥근 나무 의자에 엉거주춤 엉덩이를 댔다. 순간순간 정신이 몽롱해지고 아뜩해졌다. 고개를 숙이고 공연히 삼면의 벽을 둘러봤다. 자꾸만 마른침이 삼켜지고 목울대의 밭은 움직임은 한사코 거슬렸다. 지수가 냉장고에 넣어 둔 오미자차를 흰 사기잔에 담아 왔다. 붉지만 붉기만 하지 않고 분홍이지만 분홍이지만은 않은 오미자의 투명을 깊이 들여다봤다.

"드세요. 꿀을 탔어요."

지수는 목소리를 떨며 호균을 쳐다보지 못했다. 그건 호균도 마찬가지였다. 설렘이나 달뜸, 두려움과 용기, 환상과 현실의 충돌은 벅찼다. 호균은 잔을 입에 대고 기울였다. 오미자. 달콤 시큼 쌉싸름 떫음 짭짜름. 붉은 피와 흰 진액의 혼합.

"괜찮으면 더 드세요."

"대단한 맛입니다."

정말요? 지수가 이런 얼굴로 호균을 바라봤다.

"처음 마셔 봅니다."

호균이 수줍게 말했다. 오미자 탓일까. 호균은 진정이 됐다. 그는 심호흡을 했다. 사물이 정밀하게 보이기 시작했다. 끝 모르게 달아오르던 몸과 맘이 편해지는 것 같았다. 지수는 냉장고를 열고 오미자가 든 페트병을 바라봤다. 아침에 호균을 생각하고 두 병이나 들고 나왔었다.

"갈 때 한 병 드릴게요. 사실은."

지수가 말을 매듭짓지 못했다. 호균이 그 여자의 말이 끝나기도 전에 자신이 자주 와서 다 마셔 버리겠다고 큰소리로 말했기 때문이다. 편해졌다고 여겼던 그의 맘은 어느 순간 몸을 떠나 허공에

둥둥 떴고 목소리는 공중에서 웅웅 울렸다.

"지수 씨. 내가, 자주, 와서, 다, 마시죠, 뭐."

호균은 이미 말한 것을 다시 톡톡 잘라서 말하고 있었다.

"사실은 집에서 나올 때 호균 씨 주려고 한 병 가져왔거든요."

"내가 올 걸 알았습니까?"

호균이 지수를 바라보며 확인하듯 물었다.

"막연하게 느껴졌어요."

지수가 수줍게 말하고 고개를 숙였다. 그 여자의 떨림이 먼지처럼 우수수 떨어지고 있었다. 호균은 손가락을 꺾었다. 딱딱 소리가 났다. 고개를 들 수 없었다. 숨이 막혔다. 자신도 모르게 한숨 쉬고 헉헉거리기도 하였다.

"이상해요. 이런 말, 해도 될지 모르겠는데 누가 자꾸만 곁에 느껴지는 거 첨이에요. 정신병이 아닌가 생각돼요. 사람은 이렇게 미치는 건지. 미치고 싶지 않은데. 미치면 안 되는데. 잠자다가 깨요. 누가 곁에 있는 거 같아요. 눈뜨면 늘 혼잔데요. 엊그제는 그래서 새벽에 엄마 방에 갔어요. 꿈꿨느냐고 그러시더라고요. 무서운 꿈을 꿨다고 그랬더니 그건 내가 어른이 되는 과정이래요. 사실 꿈꾼 건 거짓말이었는데. 엄마한테 진실을 말할 수 없더라고요. 지금까지 거짓말한 적이 없는데 거짓말을 하기 시작했어요. 엄마에게 슬픔을 드릴까 봐 제일 겁나요. 엄마는 나만을 위해 살고 계세요. 엄마 목숨보다 나를 더 소중하게 여겨요. 해 드린 거

하나 없는데. 요즘 들어 엄마를 생각하면 왜 슬퍼지는지. 정말 모르겠어요."

지수는 말하는 내내 왼손 엄지로 검지의 손톱 테두리를 긁었다. 말하다가 아랫입술을 잘근 씹었다. 눈은 내리떴다가 아득하게 바라보기도 했다. 호균은 아무 말도 하지 않았다. 공기는 움직이지 않는 것 같고 두 사람의 숨소리는 허공에서 바닥으로 곤두박질쳤다.

"손 잡아도 돼요?"

호균은 지수가 말하는 동안 하염없이 바라보던 지수의 왼손에 시선을 고정하고 물었다. 지수가 눈을 동그랗게 떴다. 아주 사소하고 아무렇지 않은 것. 개울가 바위 위에서도 잡았던 그 손을 남자가 원하고 있는 것이었다. 지수는 오른손을 내밀었다. 호균이 손을 잡았다.

"지수 씨. 꼭 행복해져야 합니다."

호균이 말했다. 지수에게서 침을 삼키는 소리가 났다.

"지수 씨는 반드시 행복하게 살아야 합니다."

다시 호균이 꼭꼭 다지는 목소리로 말했다. 이때 지수의 손을 잡은 그의 팔에 물방울이 툭툭 떨어졌다. 호균의 가슴이 무너져 내렸다. 가슴이 맵고 쓰렸다. 세상에서 가장 아름답고 청결한 여자. 순수하고 단순한 여자. 지수 씨를 위해 내가 무언가 할 수 있을 때, 그런 때가 오기를! 호균은 소리 없이 눈물을 떨어뜨리는 지

150

수에게 속으로 말했다. 한 사람이 다른 사람에게 스며들고 속속들이 박히고 서로 짓이겨서 섞이고 있었다. 그 순간에 둘은 그저 흐르는 시간에 침잠할 뿐이었다.

호균이 티슈를 뽑아 지수에게 건넸다. 지수가 눈물을 닦고 콧물을 훔치고 계산대 뒤로 갔다. 고개를 숙이면 바깥에선 보이지 않았다. 그 속에서 10초를 지내고 1분을 보내고 2분을 보냈다.

"떠나나요?"

지수가 말했다. 말소리가 계산대를 넘어 가게 안으로 퍼졌다. 호균은 말하지 못했다. 나도 지수 씨처럼 잠자다가 깬다고 말할 수 없었다. 가난뱅이며 고졸이며 마약 전과자라는 걸 말할 수 없었다. 이 땅에선 평범하고 건강하고 아름답게 살아갈 수 없다고, 뿌리내릴 곳이 없다고, 그러니 사기꾼이라고 그는 말해야 한다고 결심했지만 말할 수 없었다.

다시 시간이 흘렀다. 지수가 무언가를 주섬주섬 챙기는가 했더니 민소매 위에 얇은 블라우스를 걸치고 볼펜으로 가게 이름이 적힌 종이에 이렇게 썼다.

우리는 누군가요.

곧 호균은 지수가 내민 종이의 글자를 봤다.

우리는 누군가요.

그는 아랫입술을 깨물었다. 그도 모르게 깊은 숨을 쉬었다. 비장한 표정의 지수는 계산대 뒤로 가서 '문닫음'이라는 팻말을 유리문에 붙이고 문을 안에서 걸었다. 안에서 잠금쇠가 걸리는 소리에 호균은 그쪽을 바라봤다. 지수의 단호하고 완강한 뒷모습이 보였다. 커튼을 치고 돌아서는 지수를 그가 바라봤다. 지수의 얼굴은 창백했다. 나를 용서해. 호균은 창백한 얼굴을 하고 속으로 말했다. 용서해 지수. 그가 다시 속으로 말했다. 이때 지수가 호균에게 다가와 그의 무릎에 얼굴을 묻었다.

"이러지 말아요. 이렇게 가게 문을 닫으면 난 여길 다신 못 와요."

호균이 지수의 머리를 어루만지며 애끓는 소리로 말했다.

"미치는 거보다 나아요."

지수가 대답했다. 호균이 지수의 머리를 쓰다듬었다.

"어떤 땐 죽을 거 같아요."

지수가 말했다. 호균이 입술을 깨물었다. 사랑한다고 말해선 안 된다고, 그는 자신의 혀를 깨물었다.

"말해 줘요. 내가 어떡해야 할지. 우리는 누군지 말해 줘요. 우리가 누군지요. 우리가……."

지수가 뜨겁게 말했다. 말소리가 점점 잦아들었다. 호균의 손이 저절로 지수의 검은 머리에서 이마로 뺨으로 콧날로 입술로 미끄러져 내렸다. 그는 자신의 손이 하는 일을 느끼지 못했고 지수는 그 느낌에 정신을 잃기 시작했다. 그의 손이 지수의 얼굴을 들어올리고 그의 몸이 밑으로 가라앉고 그가 지수의 몸을 뜨겁게 끌어안고 마침내 둘의 입술이 하나로 포개졌다.

시간이 흘렀다.

뜨겁고 격렬하고 혼곤하고 아무렇지 않게 흘렀다.

시간과 사물에 이름을 붙이기 이전으로, 시간과 사물이 형태로 상상되기 이전으로, 그들은 까마득하게 돌아갔다.

마침내 돌아가서 그들은 의식의 창고에 미어지도록 쌓인 감정들, 온갖 정의들, 규정과 가치들의 격정, 떨림, 의구심, 두려움, 슬픔이 녹도록, 사라지도록 거기서 그냥 그저 그렇게 있었다.

이윽고 익은 열매처럼 둘은 개운하고 또 개운하게 분리됐다. 꺼풀은 꺼풀로 알맹이는 알맹이로.

두 사람은 나란히 앉았다. 지수는 편해 보였고 호균은 따뜻해 보였다.

"만약 이게 사랑이라면."

호균이 차분한 목소리로 말하기 시작했다. 지수가 귀를 쫑긋 세웠다.

"난 사랑을 해본 적이 없었네요. 이제 확연해집니다."

"사랑."

지수가 말 배우는 아이처럼 읊조렸다.

"오늘 밤부터 편하게 단잠을 잘 수 있었으면 좋겠습니다. 지수씨도 나도."

호균이 말했다. 지수는 커피를 끓였다. 쌉싸름하고 구수한 커피

향기가 가게 안에 가득 찼다. 커피를 잔에 따르며 지수는 결혼에 대해 생각했다. 결혼을 진심으로 생각해 보긴 처음이었다.

"세상에 지수라는 사람은 하나지요."

커피 잔을 받아 들며 호균은 애틋하게 중얼거렸다.

"어떤 경우에도 지금 이 순간을 기억하고 이 순간의 진실을 믿어요. 믿어야 합니다."

다시 호균이 커피 잔을 내려다보며 낮은 소리로 말했다. 내면으로부터 맑게 솟아오르는 생명과 운명의 기운이 선연하게 느껴져서 호균은 새롭게 태어난다는 게 이런 건가, 생각했다. 그는 조용히 커피로 입술을 적신 뒤에 지수의 눈을 들여다보았다.

"앞으로 혹시……."

그가 나직이 말했다. 순간 지수의 눈에 불길한 빛이 어렸다. 표정이 순식간에 어두워졌다. 호균은 이내 자신의 실수를 깨달았다.

"앞으로 혹시, 그리고요?"

지수는 그냥 넘어가지 못했다. 떨리는 목소리로 물었다. 그동안 호균을 만날 때마다 뭔가 불충분하던 것, 한 발은 땅에 딛고 다른 발은 허공에 들고 선 것 같던 느낌이 생생하게 살아나는 것이었다.

호균은 아랫입술을 깨물었다. 행복이라는 것, 조금 전에 느꼈던 생명과 운명의 선연한 기운이 흐릿하게 날아가는 것 같았다. 내가 무얼 가져. 그는 자신에게 말했다. 지수라는 순진한 여자가 간직한 자신에 대한 터무니없는 환상에 맞춰 살 수는 없다고 그는 자신에게 말했다. 찬물을 끼얹은 것처럼 정신이 번쩍 들었다. 차라리 개운했다. 이때 문득 그에게 내면의 비굴함과 싸우라던 정민의 말이 떠올랐다. 부당하게 삶을 고통으로 몰아넣는 모든 틀에 저항하는 힘을 길러야 자존을 지킬 수 있다던 정민. 틀을 바꾸는 게 사랑이라고 말한 사람. 그는 정민이 그리워졌다. 정직하고 소박하고 정결한 남자. 그가 꿈꾸는 세상은 어디 있을까.

호균은 정민을 떠올린 뒤로 편안해졌다.

"호균 씨. 괜찮아요. 사람에겐 누구한테나 혹시, 어떤 일이 생길 테니까요. 그때 누구나 자기가 믿는 대로 될 것 같아요. 일은 언제쯤 끝나요?"

지수가 몽환에서 깨어나 평소의 순진한 표정 그대로 물었다.

"일요?"

호균이 몸을 움찔하며 되물었다. 그는 아무것도 모른 채 그저 '일'이라는 낱말만으로도 속이 켕겼다.

"논문 쓰고 있는 거요. 언제 끝나는지, 그거 끝나면 곧장 떠날 건지 늘 궁금했거든요."

지수가 수줍어하며 말했다. 호균은 가슴에 불덩이를 덮어쓴 것처럼 얼굴이 활활 달아올랐다. 그는 당장 지수의 눈앞에서 사라지고 싶었다. 자신의 갑작스런 표정 변화에 의아해하며 쳐다보는 지수의 맑은 눈. 저 눈에 대고 자신이 저지른 천박함이 가증스럽고 치욕스러워서 앉아 있을 수가 없었다. 아무래도 설마 내가. 도덕

적으로 추악한 짓을 했을까. 내가 그런 말을 했을까. 지수가 다른 남자랑 헷갈린 건 아닌지, 그는 물어보고 싶었다.

"왜 그래요?"

지수가 걱정스럽게 물었다. 그 여자가 한 손을 호균의 뺨에 댔다. 호균은 자신도 모르게 그 손을 떼어 냈다.

"정말 내가 논문 다 쓰고 나면 떠난다고 말했나요?"

그는 진지하게 불그레해진 눈으로 지수를 바로 보지도 못한 채 물었다.

"그럼요! 첫날 내가 공부하러 온 분이냐고 물었더니 그렇다고. 그래서 논문을 쓰는 중이냐……."

지수가 떨리는 목소리로 말했다. 자기가 무슨 중요한 잘못을 저지른 게 아닌가 의심했다. 그 잘못 때문에 호균이 자기를 싫어하고 헤어지게 되는 건 아닌가 불길한 예감이 스쳤다.

"미안해요."

지수가 낮게 말했다. 뭐가 미안하다는 거지? 호균은 허공을 쳐다봤다. 마치 지수의 목소리가 허공에서 울린 것처럼.

"논문 끝내면 떠날 거라고 그랬기 때문에 난 그저 그 논문이라는 게 영원히 안 끝났으면 하고 바라서……."

지수가 고개를 숙인 채 잘못한 아이가 선생님에게 제 잘못을 말하듯 그렇게 말했다.

"괜찮아요. 서로를 존중하니까. 난생처음 여자한테 느낀 감정입니다. 이미 당신은 내 피가 되어 몸에서 돌고 있으니…… 버리는 것도 잊는 것도 불가능합니다."

호균이 중얼거리듯 말했다. 지수가 그의 얼굴 앞에 새끼손가락을 내밀었다. 호균은 작고 가늘고 하얀 새끼손가락을 바라봤다. 손가락이 파르르 떨고 있었다. 호균이 고개를 숙여 그 손가락을 입에 넣었다. 갑자기 눈앞이 아득했다. 그는 눈을 감았다. 초라하고 너절하고 뿌리 뽑힌 자신의 생이 너무도 명징하게 보였다. 앞은 캄캄하고 뒤는 막혔으며 위는 아득하고 아래는 무서웠다. 그는 눈물이 입 안에서 목을 타고 아래로 내려가는 걸 느꼈다. 호균은 보이지 않는 눈물의 길을 느끼며 속으로 간절하게 말했다.

제발 당신이 먼저 나를 떠나길. 나를 버리고 나를 배반하길.

호균은 지수의 새끼손가락을 문 채 주문을 외듯, 기도하듯 말했다.

내게서 먼저 떠나길. 나를 버리고 배반하길.

떠나고 버리고 배반하길…….

11

캄캄했다. 아무것도 보이지 않았다. 축대에 와서 부서지는 파도 소리 외엔 어떤 소리도 들리지 않았다. 저만큼 떨어진 항구에는 등댓불이 죽었다가 되살아나고 죽었다가 되살아났다. 정박등은 보일 듯 말 듯 멀었다.

어두운 바다 위로 푸른 기운의 탐조등이 신념 없는 염탐꾼처럼 스쳐 지나가고 다시 돌아와 같은 해수면을 부챗살같이 핥았다.

거의 한 시간쯤 걸어 이곳에 닿은 호균은 등대와 정박등과 철책과 탐조등을 바라보고 있었다. 철책은 항구가 끝나는 데서부터 여러 겹으로 쳐져 있었다. 탐조등은 철책 바로 앞까지 혀를 대고 미끄러져 되돌아가곤 하였다.

땜마는 언제나 그랬듯 겹겹으로 둘러친 철책이 끝나는 데에서 띄울 작정이었다.

생선 횟집들이 줄지어 선 유흥가는 길지 않았다. 야트막한 산이 치맛자락처럼 바다로 퍼져 내린 곳. 산 중턱에 철길이 있고, 철길 밑에는 가난한 무허가 판잣집들이 있었다. 그 아래로 좁은 찻길. 찻길 밑으로 올망졸망 여러 채의 집이 납작하게 앉아 있었다. 그곳의 어부들은 작은 어선을 부리고 살았다. 애당초 자갈과 모래가 뒤섞였던 자그마한 벌에 커다란 바위가 방파제처럼 쌓여 있었다. 해일이 아니면 풍랑에는 까딱없이 견딜만 했다. 어부들은 대부분 이곳에서 대에 대를 이어 살고 있었다. 개중에 고등학교라도 다닌 자식들이 다른 고장으로 나가지만 그곳에서 겉돌다가 나이 들면 되돌아와 배를 탔다.

호균은 철책이 끝나는 데로부터 10여 미터를 더 걸어 나왔다. 저 앞쪽, 어부의 마을 꼭대기에 가로등이 켜 있었다. 호균은 야광 시계를 보았다. 새벽 2시였다.

호균은 앞으로 걸었다. 축대를 쌓아 바닷물이 넘지 못하게 만든 찻길 옆엔 낡은 공장 건물이 있었다. 길을 가운데 두고 축대에 잇대어 있던 집은 어느새 헐려 빈 터만 남았다. 호균은 일을 시작하기로 약속한 뒤로 벌써 두 번이나 다녀갔었다. 눈을 감아도 지형지물이 훤했다. 그래도 그는 다시 건물, 빈 터, 축대의 높낮이, 장애물 같은 것을 찬찬히 확인했다.

호균은 만족스러웠다. 위험은 긴장하게 하고 긴장하면 인생이 손에 만져졌다. 그는 손에 감촉되는 인생의 느낌에 매료되기 시작했다. 그가 이 촉감을 즐기며 걷다가 그만 발길에 치이는 것이 있

어서 넘어질 뻔했다. 나무토막이었다. 불길했지만 그는 액땜이라
고 돌려 생각했다. 미리 들뜬 마음을 가라앉혀 주는 것, 결코 쉽지
않다고 각성하게 하는 것. 호균은 여기까지 살아오면서 이런 게
액땜이라는 걸 알아차렸다. 그는 허리를 굽히고 한 주먹에도 잡히
지 않는 각목을 들어 공장 처마 밑 깊숙이 치워 놓았다.

호균은 더 살필 것이 없었다. 시간도 됐다. 그는 축대 끝에 섰
다. 바다에서 눅눅한 바람이 무겁게 밀려왔다. 비릿한 피 냄새가
스며 있는 항구의 바다 냄새. 탐조등도 잡을 수 없는 게 있다고 생
각하며 그는 쓰게 미소 지었다. 그리고 깊은 숨을 쉬었다. 곧 신호
가 올 것이었다. 그는 신경을 날카롭게 곤두세우고 신호를 기다렸
다. 날카롭되 편안하게. 편안하되 긴장을 풀지 말 것. 그의 몸은
이 규칙에 길든지 오래였다.

그는 입을 다물고 목젖을 열었다가 닫았다. 고요한 밤바다. 그
의 낮고 짧은 인기척은 파도 사이의 침묵을 겨냥했다. 두 번. 축대
아래를 살폈다. 무슨 인기척이 올라왔다. 흔들리는 그림자도 보았
다. 호균은 축대 끝에 한 손을 짚고 가볍디가볍게 몸을 들어 올려
먼지처럼 아래로 내려섰다. 자갈돌 하나가 굴드러지는 소리가 났
지만, 괜찮았다.

"이쪽으로."

말을 한 건 선원이었다.

두 사람은 땜마에 올라탔다.

땜마는 기다렸다는 듯이 이내 속력을 내기 시작했다. 호균은 세 븐스타호의 정박등을 바라보았다. 살갗으로 축축하고 툽툽한 공 기가 마구 엉겨 붙었다. 눅눅한 안개가 촘촘하게 내리는 중이었 다. 작업을 할 때 안개는 반갑고 두려웠다. 먼 거리가 아니더라도 방향을 놓치는 사고는 순간이었다.

탐조등의 부챗살이 핥지 못하는 데를 지나 작은 땜마는 고목에 붙은 매미 한 마리처럼 세븐스타호의 옆구리에 닿았다. 파도가 세 븐스타의 옆구리를 철렁철렁 치면서 무료를 달래고 있었다.

기다릴 것도 없고 따로 신호를 보낼 필요도 없이 배에서 라이터 불이 두 번 깜박였다. 호균은 그것을 받아 자신도 두 번 그렇게 하 였다.

잠시 후에 밧줄에 매인 물건들이 내려왔다. 어떤 것은 무겁고 어떤 것은 가벼웠다. 호균은 물건을 받아 땜마에 쌓았다. 30분이 지났다. 물건이 가득 찼다. 이윽고 빈 밧줄이 배로 올라가서 다시 는 내려오지 않았다. 호균은 배를 쳐다봤다. 라이터 불이 동그라 미를 크게 그렸다. 호균도 그걸 받아서 동그라미를 크게크게 그려 보였다.

땜마는 둥근 지붕을 씌운 모양으로 변한 채 다시 바다 위를 미 끄러졌다. 탐조등은 무심하게 검은 해수면을 훑고 지나갔다.

땜마가 바위 사이에 닿았다. 호균은 땜마에서 내렸다. 축대 위 에서 이쪽으로 나르는 그림자가 둘.

"수고."

한 남자가 말했다. 대답은 필요 없었다. 물건은 축대 위로 올려질 것이며 짐차에 실려야 했다. 선원은 땜마로 돌아가고 호균은 축대 위에 홀연히 섰다.

"수고했어."

어두운 그림자가 다가와 호균에게 속삭였다. 그는 호균의 일솜씨를 믿었다. 그는 봉투를 호균의 손에 쥐여 줬다. 호균은 봉투의 두툼한 두께를 감지했다.

"타고 갈래?"

그가 발을 떼어 놓는 호균에게 물었다. 그냥 해 보는 말이었다. 일을 끝내면 어떤 경우든 찢어져야 살았다. 그리고 이 모든 걸, 깡그리, 없던 일로 잊어야 했다.

호균은 항구의 중심을 향해 걸었다.

지금 짐차에 물건을 부리고 있으련만 낙엽 스치는 소리 하나 들리지 않았다.

호균은 땜마 주인이나 세븐스타호의 선원을 알지 못했다. 그에게 어깨를 치며 수고했다고 말한 사람은 이 지방에 살지 않는 전회장이라는 남자였다. 전 회장은 덩치가 큰 물건들을 호균을 통해 받아 가곤 하였다. 사람은 무뚝뚝하고 진실하거나 살살거리며 뒷통수 치거나 둘 중에 하나라고 그는 믿었다.

수평선 쪽은 아직도 어둡고 부두의 어판장 쪽에서는 어수선하고 분주한 기운이 밀려왔다. 자동차는 그곳으로 몰려들고 나왔으며 긴 고무장화를 신은 사람들의 모습이 어릿어릿 비쳤다.

호균은 몸이 무거웠다. 어디 가서 쓰러져 세상 모르게 쉬고 싶었다. 빈 택시가 그의 옆을 쭈뼛거리며 지나갔다. 차창에 팔을 걸친 기사는 행여 태워 볼까 기대하다가 그냥 속도를 내곤 하였다.

어판장 어귀의 뼈다귀 선지 북어 해장국 집도 서둘러 문을 열었다. 목조 2층 건물의 어부 숙소에 어부들이 하나둘 나오고 있었다. 무릎을 다 덮은 고무장화를 신은 사내, 담배를 피워 문 어부, 팔을 추켜들고 하품하는 남자, 리어카를 밀고 오는 한겨울 옷차림의 아낙네. 그들은 동트기 전에 모두 바다로 나가거나 돌아오는 배를 맞이할 준비를 하려는 것이었다.

호균은 바지 주머니에 손을 찌른 채 계속 걸었다. 그사이 어둠이 한 겹 더 벗겨졌고 어판장 부근의 싱싱한 삶을 비춘 불빛들이 사라진 거리도 부윰하게 드러나기 시작했다.

호균은 바다로 튀어나온 돌산의 끝자락을 쳐내고 만든, 가파르게 휘어진 길에서 문득 발을 멈췄다. 인도와 차도 사이의 턱에 무언가 시커먼 것이 버려져 있었다. 누가 망가진 그물을 버리고 간 게 틀림없으려니 여기고 지나치는데 발굽에 스치는 감촉이 달랐다. 호균은 금방 술 취한 남자라는 걸 알았다. 운이 나쁘면 속도를 내는 차에 다리 하나가 치일지 몰랐다. 호균은 그냥 가려다 돌아서서 사내를 흔들어 깨웠다. 사내는 알아들을 수 없는 소리를 지르며 옴짝도 하지 않았다. 호균이 사내를 억지로 끌어 인도 쪽으로 옮겨 놓았다. 그리고 그는 그물 덩어리 같은 사내를 내려다봤다. 취해서 천지사방을 분간하지 못하는 이 사내. 이 인생. 누군지 알지 못할 사내의 인생이 빛바랜 탐조등처럼 그의 내면을 훑기 시작했다. 그는 고개를 돌려 동쪽을 바라보았다. 먼 수평선에 오징어 배의 불빛이 반짝였다. 가물가물 사라졌다 돋는 빛도 있었다.

인생의 가치는 무언가. 그는 생각했다. 이때 불쑥 지수의 말이 떠올랐다. 언제 논문을 끝내느냐던. 순간 그의 코에서 일 초도 참아 주지 못하고 핑, 코웃음이 빠져나갔다.

"건달!"

그가 말했다. 차도로 소형 용달차가 지나갔다. 이른 아침에 서울 공판장에 닿을 활어회 차들도 지나갔다.

호균은 몸서리가 쳐졌다. 논문이라고. 치사하고 비열한 거짓말을 어떻게 했는지 스스로 믿기지 않았다. 그는 자신을 건달이라고 생각한 적은 없었다. 자신을 덮치는 불운을 생물을 느끼는 감각으로 감지한 적은 있었다. 그런데 그는 지금 자신이 건달임을 부정할 수 없었다. 빌붙고 속이고 숨고…… 호균은 치밀어 오르는 자괴감 때문에 피가 마를 지경이었다. 내가 사람만 아니어도. 지수만 만나지 않았어도. 거짓말만 하지 않았어도.

그러나 부질없는 가정들이었다. 그는 자신을 이해할 수 없어서, 용서할 수 없어서 '소멸'을 갈망하기 시작했다. 이즈음 경험하지

164

못했던 감정에 달떠 지냈던 자신을 비웃어 줬다. 어느 순간 정신이 혼미해져서 뜨거워진 몸을 열어 지수를 파헤치고 싶었던 욕망도 고스란히 되살아났다. 명희나 미애와 뭐가 다른가. 그 여자들의 탈출에 대한 열망과 다시 시작하고 싶은 갈망은 얼마나 정직하고 절박한가.

"사랑!"

호균은 입 안에서 사랑, 이라고 말해 보았다. 우스웠다. 상사병이 죽음에 이르는 정신병이라고 말해 줬던 정민을 기억했다. 의미를 알 듯 말 듯했다. 지금 당장 호균에게 그리운 사람은 지수가 아니라 정민이었다.

호균은 천천히 밝아지는 해변을 걸었다. 소금기 머금은 바닷바람에 그의 머리카락은 아무렇게나 들떴고 그의 얼굴은 푸석푸석했다. 요즘 윤기를 더하던 인상은 칙칙하고 날카로움은 그 칙칙함 속에 숨었다. 그가 101번지가 시작되는 근처까지 왔을 때, 단단한 결심 하나를 심장에 담았다. 이곳을 떠나리. 반드시 떠나서 나를 지우고 다시 태어나리.

새벽 한두 시면 제철을 만나는 포장마차와 수제비 집은 남들이 일어날 시간에 뒤늦은 잠에 빠졌다. 거리는 가게와 술집과 간이음식점이 모두 문을 닫아 을씨년스럽고 가게 앞마다 널린 쓰레기는 차라리 재앙 같았다. 쓰레기봉투를 뒤지던 몇 마리의 쥐는 움찔 경계를 하다가 이내 먹을 것을 찾았다. 고양이가 낡은 담장에

먼지처럼 올라섰다.

호균은 누더기 같은 이 거리, 이 골목이 역겨웠다. 자기 학대와 책망에 곪은 목숨들과 뒤엉키고 싶지 않았다. 그러나 그의 발길은 토닥토닥 앞으로 나아갔다.

환멸도 병일지 몰랐다.

붉은 등불이 켜진 어두운 여인숙 앞에서 그는 역겨움 때문에 잠시 서 있었다.

그가 여인숙 헐거운 문을 밀자 문 위에 붙은 종이 딸랑거렸다. 손님을 받는 내실이 캄캄했다. 빈방이 없다는 뜻이었다.

호균은 희미한 복도 불빛 아래서 자물쇠를 열었다. 퀴퀴한 내가 코를 찔렀다. 지린내와 곰팡내와 술내. 그는 냄새에 코를 박기 전에 돈 봉투를 비닐 장판 속에 넣었다.

그가 잠결에 나무판자를 두드리는 듯한 소리를 들은 건 한 시간이 지난 뒤였다. 그는 잠을 놓치기 싫어 담요 속에 고슴도치같이 파묻혔다.

"혀엉! 여태 자우?"

익수의 말소리가 들렸다. 그는 귀찮았다. 계속 못 들은 척할까, 생각하면서 고리쇠를 벗겼다. 걸지 않으면 닫기지 않는 문이 기다렸다는 듯이 벌어졌다. 익수가 쑥 얼굴을 디밀었다.

"혀엉 어디 아푸우?"

"몸살이 나려는지. 불 좀 켜라."

호균은 익수를 쳐다보며 말했다. 익수가 형광등의 줄을 잡아당겼다. 한동안 깜박거리던 형광등이 환하게 방 안을 비췄다.

"야아, 혀엉. 어디 남아도는 여자라두 붙들구 사슈. 방 안이 이게 뭐유. 여기선 항우 장사래두 몸살 나겠수."

익수가 지저분한 방 안을 둘러보며 말했다. 호균은 낯을 찡그리며 목덜미를 쓸었다. 진득한 땀이 손바닥에 묻어났다.

"별일 없니?"

"별일이야 뭐……."

익수는 중얼거리고 입을 닫았다. 그는 호균을 유치장에서 만났다. 호균과 몇 마디 이야기를 나누고 그가 딱한 처지 같아 이곳을 찾아오라고 알려 줬었다. 호균이 찾아왔을 때 이민을 가게 된 건달이 지게꾼 일을 호균에게 넘겼다. 이렇게 호균에게 밥벌이를 하게 해준 공을 익수는 한시도 잊지 않았다.

"경아 잡혀 온 거 알우? 그년덜 뛰어야 벼룩이라니깐."

"깡다구 기둥서방이 얼마나 늘씬하게 팼는지…… 거품을 물고 늘어지면서 제발 죽여 달라구 했답디다."

호균은 아무 말도 하지 않았다. 그는 이미 꽁초가 넘쳐 나는 재떨이에 꽁초를 비벼 껐다. 보나 마나 포주들은 이참에 경아를 제물로 재수 고사를 지낼 셈이 뻔했다. 당분간은 어느 누구도 도망갈 생각을 못할 것이며, 그런 염려 때문에 눈에 불을 켤 수고도 덜어질 것이었다.

"여긴 시끄럽지 않겠수?"

호균이 다리를 펴고 벽에 기대앉아 익수를 쳐다봤다.

"임검을 이 잡듯 했는데. 윤 형사가 약이 바짝 올라서…… 그 새끼 심심하문 한 번씩 곤조를 부리구 지랄이네. 거어 차암."

익수의 말을 들으며 호균은 비스듬히 몸을 뉘였다. 형사라면 그도 반갑지 않았다. 형사에다 임검 소리까지 들으면 공연히 소름이 돋았다. 임검이 나오면 창녀들은 반타작도 못하게 마련이었다. 사내들은 질겁해서 입 씻고 가정으로 돌아가고 골목은 파리만 날리게 됐다.

"윤 형사가 왜?"

호균이 낮고 무거운 목소리로 물었다.

"제길, 누가 알았어야지…… 거 뭐 불순분자라나 그런 놈이 이 골목에서 닷새나 지내다가 갔다나? 씨이팔 엉뚱한 데 가서 잡혀가지구 윤 형사가 징계 먹게 됐다네. 사실 그게 형이나 내 책임이냐구. 우리가 그런 불순분자 잡아다 바칠 군번이유. 그럼 우리두 형사나 해 처먹지. 안 그렇수?"

호균은 벌떡 일어나 앉았다. 그는 다시 담배를 피우려다 빈 곽을 구겨 던졌다. 익수가 제 담배를 꺼내 불을 붙여 호균에게 건넸다.

"그래두 윤 형사가 형은 봐줬네. 소란 떠는 것두 모르구 자게 해줬으니."

익수가 호균의 표정을 살피며 말했다. 호균은 자기가 방을 비웠었다고 말하려다가 말았다. 임검은 자정부터 새벽 3시 사이에 있었을 것이었다. 그는 사소한 물품을 지게 질 땐 익수에게 얘기하지만 오늘 같은 것은 비밀에 붙여 왔다. 만약 걸렸을 때 공연히 익수까지 귀찮아질까 염려해서였다.

"불순분자라니."

호균이 물었다.

"뭐라더라? 간첩은 아니구 뭐 좌우당간 정치하구 관계가 있는 모양입디다."

호균은 듣기만 했다.

"요샌 거 왜 대학생덜이 그 지랄덜인지. 뭐가 부족하다구 대통령 물러나라구 하질 않나, 간첩질을 하지 않나. 하여간 배때지에 기름이 껴서 그러는지."

호균은 한숨을 쉬었다.

"윤 형사가 뭐라구 하기 전에 혀영이 한 번 찾어보슈. 술이래두 한잔 사구. 우리가 다 협조해서 진급시키구 다른 데루 보내야 하는 거 아니유?"

익수가 말했다. 호균이 고개만 끄덕였다.

"혀영은 더 잘라우?"

익수가 일어났다.

"요샌 낮에 통 못 보겠습디다. 정말 깔치 생겼수?"

익수가 새끼손가락을 들어 보이며 물었다.

"이 바닥에 혀엉 깔치 생겼다구 소문이 쫙 퍼졌는데 혀엉만 몰르지?"

"심심해서들 그러지 뭘."

"더 눈 붙이구 심심하문 당구장으루 나오슈. 삼수기 매운탕이나 먹으러 갑시다."

"그래."

익수는 문을 닫았다. 문이 닫기는 순간 익수는 등 뒤에서 교도소의 철문을 느꼈다. 그 싸늘한 기운이 여지없이 등판을 후비는 것이었다. 윤 형사가 자신에게 호균을 살피라고 했던 말, 최지수라는 여자와 사귄다는 말, 그 여자의 내력이 심상치 않다는 귀띔들이 날벼락처럼 익수의 등짝을 훑었다. 만약에 호균에게 무슨 일이 생긴다면, 편안할 순 없을 것 같았다. 호균을 결코 깊이 좋아하지 않아도, 오래도록 헤어지지 말고 가까이 보면서 살고 싶은 사람이었다. 그런데 뭔가 불길하고 불안했다.

익수는 그답지 않게 발소리를 죽이며 걸어서 여인숙의 열린 대문 바깥으로 나갔다.

익수는 사라지고 호균은 자신의 인생의 막막한 느낌 때문에 쫓기는 기분이었다. 방 안은 적막하기 그지없었다. 한 번 떠오른 막막한 상념은 사라지지 않았다. 외항선이 들어오길 기다리고 밀수품을 운반하고 매춘부의 연애편지를 써 주고 형사의 개로 사는 인생. 너무도 간단했다.

호균은 콧방귀를 뀌었다. 문득 잡혀 왔다는 경아가 떠올랐다. 제발 죽여 달라고 빌었다는 청춘.

깡다구는 수입을 늘리기 위해 여러 가지 잔꾀를 피웠다. 한 달 매상액을 정해 놓고 그것 이상 벌어 들이면 금반지 반 돈을 해 주겠다고 사탕발림을 했다. 그 포상의 첫 번째가 경아였는데, 경아가 받은 반지는 도금을 한 가짜였다. 명희가 고스톱을 치러 갔다가 그걸 밝혀 냈는데 깡다구는 장난 한번 쳐본 것이라고 얼렁뚱땅 넘기며 그 자리에서 진짜로 바꿔 주었다.

경아는 어머니가 재가를 해서 외할머니 손에 자랐다. 가난한 외가에서 자라는 남동생을 공부시킨다고 열세 살에 남의집살이를 하다가 주인집 아저씨로부터 강간을 당했다. 열다섯 살 때였다.

경아가 그 집에 들어갈 때, 외가에선 선금을 받아 갔고 주인네는 살림 가르쳐서 시집을 보내 주겠다고 약속했었다. 그러나 주인 아저씨와의 관계가 주인 아주머니한테 탄로 나서 매만 실컷 맞고 쫓겨났다. 주인 아주머니는 '남자들은 원래 그렇다'며 남편은 뒤로 감춰 두고 경아만 족쳤다. 아무리 힘센 아저씨가 달려든다 해도 울고 불며 살려 달라고 애원하면 네년이 몸을 망쳤겠느냐. 마빡에 피도 마르지 않은 년이 아래가 헤퍼 벌어진 일이니 너 같은 건 나가서 몸이나 팔고 살라며 내쫓았다.

"논문은 언제 끝나지요?"

이 순간 왜 또다시 지수의 목소리가 떠올랐을까. 호균의 얼굴이 수치심으로 뜨겁게 달아올랐다. 그는 지금 창문 없는 방에서 수치심 때문에 죽고 싶었다. 책갈피가 나달거리도록 사전을 읽고 외운 적은 있었다. 하지만 그 사전이 그의 손에 들어왔을 땐 이미 어지간히 닳아빠진 상태였다. 희랍어 공부를 시작한 사상범이 전방을 가면서 그에게 선물했던 것이다. 그가 언뜻 말했었다. 사람은 사람답게 살 수 있어야 하며 그런 환경을 만들기 위해 싸워야 한다고. 호균은 코웃음을 쳤다. 익수 말대로 배때지에 기름이 끼면 그런 생각할지 모른다고 생각했다. 사람이 하루 세끼 먹기 위해 세상 어느 틈에 박혀 바둥대는지 상상할 수 있다면 차마 그런 말은 못할 거라고 생각했다.

호균은 아랫입술을 잘근잘근 씹었다. 그의 눈이 빛나기 시작했다.

"사람대접 받고 살자면 펜대를 잡아야 한다."

절름발이 호성은 보리알이 실수처럼 붙은 감자밥을 고추장 벌겋게 푼 찬물에 말아 먹으며 비장하게 말했었다. 동생 호균이 펜대만 잡게 되면, 첩첩산중 척박한 골짜기의 자기네 짐승 가족이 갑자기 '사람'으로 환생할 것처럼.

호균은 담요를 걷어찼다. 형광등 빛에도 먼지가 구름같이 일었다. 순간 도망가고 싶다는 충동을 느꼈다. 그러나 그는 그 충동을 딛고 일어나 방을 치우기 시작했다. 신문은 바로 펴서 접고 담요도 개켰다. 언제 물 구경을 해 봤을지 짐작조차 불가능한 걸레를 억지로 펴서 방바닥을 밀었다. 기다랗고 빳빳한 머리털과 돼지 꼬리 같은 거웃이 함께 섞였고 죽은 파리와 개미, 쥐며느리, 동강 난 노래기도 여러 마리 쓸렸다. 그는 먼지가 달라붙은 걸레를 세면대로 들고 나가 물이 하얘질 때까지 빨았다. 다시 방을 닦은 뒤에 발도 씻고 머리도 감았다.

젖은 머리를 수건으로 털면서 그는 방 안을 들여다봤다. 말끔하다 못해 청결하기까지 하였다. 그의 마음도 어느 결에 방 안을 닮았다. 문을 닫아걸고 호균은 고즈넉이 앉았다. 문득 적막감이 밀려들었다. 그는 멍한 눈으로 앉아 있다가 불현듯 비닐 장판을 들췄다. 납작하게 눌린 만 원짜리들이 적지 않았다. 통장도 꺼내 펼쳤다. 1년 반을 부은 적금 통장도 들췄다. 현금을 세고 통장의 돈을 합쳐 보았다. 호균은 놀랐다. 생각보다 많았다. 그는 자기도 모르게 빙그레 웃었다. 힘이 생겼다. 새벽 바닷가에서 동쪽을 바라보며 자신을 짓이겼던 감정들은 흔적도 남지 않았다. 절망과 치욕도 사라졌다. 기분이란 것은 회오리도 되고 태풍도 되지만, 결국 바람이었다.

12

거리엔 이제 막 땅거미가 내리기 시작했다. 여기저기에 전등불이 켜지고 있었다. 호균은 상점의 불빛, 가로등, 자동차의 전조등 불빛을 보면서 사람들의 두려움을 연상했다. 어두워도 대낮처럼 살아 보려는 사람들의 탐욕을 연상했다. 어둠을 죽음으로 여기게 된 사람들의 공포감을 연상했다. 그런 탐욕과 두려움이 전등을 발명했을 거라 생각했다.

호균은 지수네 가게 앞에서 정확하게 택시를 세웠다. 그가 왜 더 이상 자신을 책망하지 않기로 했는지 그건 스스로도 잘 몰랐다. 술기운 때문일지 몰랐다. 그는 가볍게 이곳으로 온 것이었다. 택시 기사에게 고맙다는 인사까지 하고 내렸다.

선물의 집 바다에서 여학생과 어머니가 함께 나오고 있었다. 그들과 엇비껴서 호균이 가게로 들어갔다. 손님들이 이것저것 꺼내 놓고 보던 물건을 정리하던 지수가 인기척에 등을 돌렸다. 호균을 보고 놀란 눈빛이었다.

"술을 좀 마셨습니다."

"······."

"좀 마셨습니다. 기분이 좋습니다. 그렇지만 취하진 않았습니다. 좀 앉아두 되겠습니까?"

"······."

"제가 지금 실수했나요? 지수 씨 물 좀 주실 수 있어요?"

호균이 술기운을 과장하는 동안 지수는 마치 벌 받는 학생처럼 고개 숙인 채 바들바들 떨고 있었다.

"물 좀 주세요. 목이 타서요. 술을 너무 마셨습니다."

지수는 냉장고에서 물을 꺼냈다. 호균은 거푸 두 잔이나 마셨다.

"내가 지수 씨 장사를 망치는군요."

빈 유리잔을 건네며 호균이 말했다.

"왜요?"

지수가 떨리는 목소리로 물었다.

"내가 들어오니까 손님이 나가고 다시 들어오는 손님이 없으니까요."

지수가 처음으로 호균을 바라보았다. 눈이 젖어 있었다.

"어머니가 사람만 망하지 않으면 된다구······."

지수가 여전히 떨리는 목소리로 말했다. 호균은 고개를 크게 자꾸자꾸 끄덕거렸다. 사람만 망하지 않으면 된다. 그는 끄덕이면서 속으로 씹어 봤다. 사람만 망하지 않으면.

"지금 나갈 수 있습니까? 저녁밥 먹으러. 내가 지수 씨 좋아하는 거로 살게요. 나는 돈이 많은 사람입니다."

"학생이 뭐 해서 돈이 많아요? 집이 부잔가 보죠?"

지수가 말했다. 호균은 날벼락을 맞은 얼굴이 되었다. 누가 나더러 학생이라고 했지요? 호균은 불같은 화가 치밀었지만 따지지 못했다. 지수는 나갈 채비를 했고 호균은 머릿속이 멍해져서 정신을 잃을 것 같았다. 가게를 나와 거리를 걸을 때도 그 진공 상태는 나아지지 않았다. 지수가 아는 사람을 자주 만나 낭랑한 목소리로 인사를 할 때 호균은 조금씩 정신을 차렸다.

"유명하시네요."

호균은 농담도 했다.

"바닥이 좁잖아요."

"이렇게 다니는 것도 좋지 않겠군요. 소문이 나서 좋을 게 하나 없으니."

호균이 진심으로 말했다. 지수는 엉뚱한 대답을 했다. 어머니 몸에선 늘 상한 생선 냄새가 났고 중학교 1학년 때엔 짝꿍이 교복에서 생선 비늘을 떼어 보여 줬다고. 그때 죽어 버리고 싶었다고.

"어머니께서 생선을 팔지 않으면 사람들은 어떻게 생선을 먹지요?"

지수가 걸음을 멈추고 호균을 똑바로 쳐다봤다. 그게 말이 돼요? 이런 눈빛이었다.

"참. 우린 지금 어딜 가는 거예요? 뭘 먹을 건지 결정해야지요."

호균이 화제를 돌렸다. 지수는 대답하지 않았다.

"해물잡탕은 어때요?"

호균이 가볍게 물었다. 그들은 곧 해물탕 집 문간의 작은 방에 마주 앉았다. 해물탕 냄비가 휴대용 가스 불 위에 얹히고 김이 오르기 시작하고 냄비 뚜껑이 들썩이고 국물이 넘치도록 두 사람은 아무 말도 하지 않았다. 밑반찬 위로 파리 두 마리가 윙윙 날았다. 한 주먹 들락거릴 만큼 열어 둔 문짝이 확 열렸다.

"소주 시켰지요?"

종업원이 깜빡했다는 듯 미안해하며 냉기가 감도는 소주병을 밀어 넣고 대답도 듣지 않고 문을 닫았다. 소주를 시킨 적이 없어서 두 사람은 뻔히 바라보다가 웃었다.

"마시지요, 뭐."

호균이 식탁 위 쟁반의 양념 통 사이에 놓인 유리잔 네 개 중에 두 개를 집어 지수와 자기 앞으로 놓았다. 술을 채웠다. 마시죠? 호균이 건너다보고 눈짓했다. 해물탕 구수한 내가 진동했다. 둘은 잔을 부딪쳤다. 호균은 단숨에 잔을 비우고 지수는 입에만 대고 내려놓았다. 호균은 빈 잔에 다시 술을 따르고 지수는 해물탕 뚜껑을 열었다.

"시간이 무서워요. 엄마는 무슨 일이 생기면 늘 때가 있다, 시간이 해결한다, 그랬어요. 어렸을 땐 그 말이 참 싫더라고요. 덮어놓고 때를 기다리라니 꼭 미신을 믿는 것처럼 느껴져서 엄마가 싫었어요. 그런데 요즘 그 말을 다시 나 자신에게 해 주면서 살아요."

지수가 빠르게 말했다. 그사이 해물탕의 뜨거운 김이 모두 걷혔다. 호균은 듣지 않는 것처럼 공기에 해물탕을 떴다. 새우를 건져 지수의 그릇에 넣었다.

"처음엔 미칠 것 같았어요."

지수가 고개를 숙인 채 말했다. 호균이 한숨을 쉬었다. 그는 지수가 고개를 들지 못하고 말도 잇지 못하는 걸 보면서 자신의 실수를 깨달았다. 오래도록 잘 참았는데 더 참지 못하고 불쑥 택시를 탄 게 술 탓만일까.

"호균 씨가 떠났거니 생각하기로 했어요. 나랑은 어울리지 않는다고 생각했어요. 말없이 떠나서 잘됐다고 생각했어요."

지수의 목소리는 점점 더 젖어들었다. 호균은 술을 마셨다. 소주는 달고 쓰고 감질났다.

"내가 잘못했습니다."

호균이 말했다.

"뭘요?"

"뭐든지요."

"그렇게 말하지 마세요. 나쁜 사람 같아요."

"맞아요. 나 나쁜 사람입니다. 나쁜 사람이 나쁜 짓을 했습니다!"

"'왜요?"

"그렇게 다그치지 말아요. 그럼 정말 나빠질지 몰라요."

두 사람은 해물탕엔 손도 대지 않았다. 호균은 두 병째 소주 뚜껑을 땄다. 그의 얼굴색이 창백해졌다.

"지수 씨는 자기를 미워한 적이 있습니까?"

호균이 크게 물었다. 그리고 지수를 타는 눈길로 쏘아보았다.

"내가 지수 씨에게 나쁜 짓을 했다면 아마 내가 나 자신을 미워하는 사람이기 때문일 겁니다. 미워하지 않고는 살 수 없는 사람이 됐기 때문일 겁니다."

호균은 곧 울 것 같았다. 지수에겐 그의 목소리가 그렇게 들렸다. 지수는 자신이 호균에게 무슨 일을 했나, 깜짝 놀랐다.

"호균 씨가 보고 싶었어요. 호균 씨가 나를 찾아오지 않으면 만날 수 없다는 사실에 너무 슬프고 화가 났었어요. 그래서 그래요. 내가 잘못했어요."

지수가 울먹이며 말했다. 호균이 무너질 듯 한숨을 쉬었다.

"아닙니다."

그가 낮게 말했다.

"내가 나쁜 사람입니다. 잘 봤어요."

호균의 말소리엔 힘이 없었다. 조금 전 불타는 눈으로 지수를 쏘아보던 것과는 정반대였다.

"제발 그렇게 말하지 좀 말아요. 정말 화가 나요. 슬프고요. 난 호균 씨 보고 싶어서 잠도 못 자고 밥도 잘 못 먹고 숨도 제대로 못 쉬었다고요!"

지수가 소리쳤다. 호균은 서리 맞은 푸성귀처럼 어깨를 떨구었다. 둘은 한동안 아무 말도 하지 않았다. 바깥에서 한 무더기의 남자들이 뒤엉켜 들어오는 소리가 들렸다. 어서 오세요, 오랜만이오, 변소 어딥니까. 등등.

"어떤 사람이 사기꾼이 되었습니다. 누구한테 돈을 빌렸어요. 일이 잘돼서 언제까지 갚을 거란 자신이 있었어요. 그런데 예상을 뒤엎고 일이 잘못됐습니다. 약속을 지키지 못해 사기꾼이 되었지요. 누구나 이렇게 사기꾼이 될 수 있고, 죄인이 되는 것도 간단합니다."

호균이 말했다. 그는 더 이상 술을 마시지 않았다. 지수는 호균이 술을 더 이상 마시지 않는 것, 그의 표정이 비장해진 것, 턱을 고이는 것 등을 보지 않았다.

"지수 씨는 세상에 하나뿐입니다. 그날 내가 했던 말 기억나요?"

한동안의 침묵 끝에 호균이 차분하고 냉정한 목소리로 물었다. 지수는 고개를 숙였다. 가슴이 뜨거워지고 메었다. 잘못하면 울고 말 것 같아 손가락도 까딱할 수 없었다. 이 남자에게도 말 못할 고통이 있을 거란 생각이 문득 들었다. 불쑥 어머니가 떠올랐다.

요즘 지수 어머니 계옥도 딸이 걱정됐다. 잠을 자는가 싶으면 불이 켜 있고 귀에서 이어폰을 빼지 않았다. 멍하니 바깥을 내다보고 밥상머리에서도 생각에 잠겼다. 그 청년 때문이니? 계옥은 속으로만 물었었다. 설마 딸이 헛길로 나갈까, 믿었다.

"요즘 힘드니?"

며칠 전 겨우 이렇게 물었다.

"좀 우울해서. 뭐 이럴 때도 있지."

딸의 이런 무심한 대답에 어머니는 딸의 우울이 결코 단순하지 않을 거란 짐작을 했다.

"가게 잘 안 되도 마음 끓이지 마라. 재물은 망해도 다시 살아날 수 있지만 사람이 망하면 끝이다."

계옥은 자신의 울적한 느낌을 둘러서 이렇게 말해 줬다. 다음 날인가 그 다음 날인가 지수가 어머니에게 '혼자 살까? 수녀가 되서 어려운 사람 도우며 살까' 했을 때 계옥은 듣지 못한 것처럼 멀뚱히 쳐다보고 지나쳤었다. 때가 지나면 해결되겠지. 계옥은 어려움이 닥치면 언제나 시간에 의지했다. 요즈음 부쩍 때를 기다리며 살았다. 이보다 더한 세월도 지났으니. 그 모진 세월에 더한 것이 닥치랴, 닥쳐도 못 견딜 게 없다, 자신을 믿었다. 자신이 낳은 자식을 믿었다.

지수는 식어 버린 해물탕을 보고 껐던 가스 불을 켰다. 파란 가스 불이 냄비 밑동을 달구기 시작했다. 호균이 앞에 놓였으나 손도 대지 않는 해물탕을 냄비에 도로 부었다. 자기 앞의 것도 그렇게 하였다. 국자로 고르게 펴고 뒤적였다. 새우, 게, 오징어, 조개, 버섯, 콩나물, 미나리, 쑥갓, 당근, 떡국 떡. 그런 것들 위로 김이 오르고 냄새가 피어올랐다.

만약에 버림받으면 결혼하지 말고 그땐 나보다 더 불행한 사람들을 위하며 살아야지. 해물탕 끓어오르는 국물을 안으로 떠서 올리며 생각했다. 한숨을 푹 내쉬었다. 바로 앞에서 그런 지수를 바라보는 호균도 전염된 것처럼 한숨을 내쉬었다. 호균은 담배에 불을 붙여 물었다. 연기를 깊이 빨아 삼키고 숨을 멈췄다가 연기와 함께 내쉬었다.

"죄송해요."

지수가 말했다.

"너무 보고 싶었기 때문에 그랬어요. 찾아갈 수도 없고. 생각해 보니 호균 씨에 대해 내가 아는 게 하나도 없더라고요. 사는 곳도. 전화번호도. 찾아오지 않으면 난 호균 씨를 만나지 못하잖아요. 그게 너무 불공평하다 싶어 화가 났어요. 너무 시달려서요."

지수가 침을 삼켰다. 호균은 꽁초에 새 담배를 댔다.

"죄송해요. 난 아무런 권리도 없는데. 생각해 보면 참 뻔뻔해요. 호균 씨가 그리워하라고 한 적도 없잖아요. 그런데 못 견디⋯⋯."

지수가 말을 맺지 못했다. 호균은 지수를 바라보다가 손에 잡혀 있는 국자를 빼앗았다. 국자로 해물탕을 떠서 지수에게 주었다.

자기도 덜었다. 새우를 껍질 까서 지수의 밥공기 위에 얹었다.

"자아 지수 씨. 날 봐요."

호균이 일부러 짐짓 아무렇지 않게 말했다. 그러나 목소리는 물 먹은 솜보다 더 무거웠다.

"우리가 함께 한 숟갈씩 먹어요. 날 봐요. 이렇게. 먹고 죽은 귀신이 때깔도 좋다는 이야기 못 들었어요? 난 때깔 좋은 귀신이 되는 게 삶의 목표인데."

호균은 웃자고 말했다. 그러나 자신도 웃지 못하고 지수도 웃지 못했다. 그는 갈피를 못 잡고 또다시 침묵한 채 지수를 바라보고 해물탕을 들여다보고 지수를 바라봤다.

"지수 씨. 날 봐요. 내 얼굴 좀 봐요, 제발."

호균이 간절하게 말했다. 지수가 천천히 무겁게 고개를 들었다.

"사랑이 뭔지 알아요?"

그가 물었다. 짐짓 웃음을 지어 보였다. 지수는 심각했다.

"난 알아요."

호균이 말했다. 지수가 그를 불현듯 쳐다봤다.

"행복해지는 겁니다. 그게 사랑입니다. 만약 우리가 사랑한다면 지금 행복해야 합니다. 그러니 내가 까준 새우를 먹어요. 그럼 내가 지수 씨의 사랑을 믿을 수 있습니다. 지수 씨의 사랑을 믿을 수 있게 어서 새우를 먹어요. 밥도 한 공기 먹고 해물탕도 남기지 말고 다 먹읍시다. 자 이렇게요!"

184

호균이 밥을 한 숟갈 떠서 입에 넣었다.

"말도 안 돼!"

지수가 소리치며 웃었다.

"성공했다!"

호균이 큰 소리로 말했다.

"날 바보로 알고 놀리는 거죠."

지수가 눈물이 번진 눈을 똑바로 뜨고 말했다. 호균이 고개를 설레설레 흔들었다.

"지금은 그렇게 말해도 됩니다. 하지만 알게 될 날도 있을 겁니다. 사랑한다면 행복해져야 한다는 걸."

호균이 말했다. 지수는 새우를 집어 들었다.

"이 젓갈이 뭐죠? 소화에 좋을 것 같은데."

말하면서 호균이 아가미 젓갈 다진 것을 지수의 밥공기에 올려놓았다. 그리고 자신도 먹기 시작했다.

밥을 먹고 해물탕의 해물들을 발려 먹고 젓갈을 먹자 밥 한 공기가 금방 없어졌다. 둘은 마주 보고 오랜만에 웃은 것 같았다. 기운도 나고 기분도 개운했다.

해물탕 값을 호균이 계산했다. 그들은 천천히 거리를 걸었다. 위로 가면 산이 나오고 아래로 내려가면 바다에 닿을 수 있었다. 여름 한철 사람들이 바글거리고 내내 한산한 해수욕장이 가까웠다.

"늦으면 어머니께서 걱정하시겠죠?"

호균이 물었다. 그는 지수와 모래밭에 눕고 싶었다. 누워서 하늘의 별을 보고 수평선의 오징어잡이 배의 집어등 빛을 보고 지수의 숨소리를 듣고 싶었다. 현실이 아닌 것에서 현실을 느끼며 휴식하고 싶었다.

"그래도 지금 들어가라고 하진 말아요. 지금 헤어지고 싶지 않아요."

지수가 단호하게 말했다. 호균의 몸이 순간 뜨거워졌다. 지나가는 빈 택시를 잡았다. 해수욕장까지는 10분도 채 걸리지 않았다. 소금기를 머금은 해풍이 지수의 긴 머리카락을 휘날려 댔다. 지수는 어두운 모래밭으로 달려갔다. 신발이 벗겨져도 모르고 달렸다. 호균이 벗겨진 지수의 신발을 찾아 들었다. 그는 한가운데 우뚝 멈춰서 달려가는 지수의 어두운 그림자를 눈에 가득 품었다.

어디쯤에서 지수가 돌아섰다. 그 여자는 문득 '행복을 보았다'. 행복이 품에 가득 차는 느낌에 아뜩했다. 행복해야 사랑이라던 호균의 말, 사랑한다면 행복해야 한다던 말이 떠올랐다.

지수는 세상을 향해 두 팔을 벌렸다. 사랑을 향해 달려가기 시작했다. 두 눈에서 소리도 없이 뜨거운 눈물이 줄줄 흘러내렸다.

"호균 씨이!"

지수가 소리쳐 행복을 불렀다. 파도가 그 소리를 품고 수평선으로 흘러갔다.

"호균 씨이!"

지수가 그를 외쳐 부르며 달리다가 그만 숨이 차서 쓰러졌다. 지수는 하늘을 향해 누웠다. 두 팔을 활짝 펴서 모래 위에 놓았다. 저건 카시오페이아. 지수는 하늘을 보고 생각했다. 북두칠성을 따라가다가 북극성도 만났다.

"아파요? 왜 그렇게 급히 뛰어요. 소화도 안 됐을 텐데."

호균이 옆에 와 앉아서 지수를 내려다보며 물었다.

"행복하니까."

지수가 떨리는 목소리로 말했다. 호균은 지수의 목소리로 여자의 울음을 눈치 챘다. 손으로 눈을 더듬었다. 눈물을 닦아 주었다.

"지수 씨는 눈물도 많네요."

"행복해서요."

지수가 말했다. 호균이 지수 옆에 누웠다.

"북두칠성을 봐요. 소원을 이룰 수 있을 겁니다."

호균이 말했다. 그는 행복했다. 그저 행복하기만 했다.

"만약 나한테 무슨 일이 생겨도 날 믿을 수 있어요?"

호균이 지수의 손가락을 만지며 물었다.

"네에!"

지수가 아이처럼 대답했다. 호균이 「장밋빛 인생」이란 노래를 휘파람으로 불었다. 지수는 휘파람 소리를 들었다. 휘파람이 멈추면 파도 소리가 들렸다. 모래를 쓸고 흐르는 물소리가 쏴르르 들려왔다. 이때 호균은 어두운 밤 밀수품을 나르던 일을 떠올렸다. 탐조등을 피하고 작은 어선 땜마를 이용해 이름도 성도 모르는 사람들과 교역하는 자신. 그 긴장과 절망과 슬픔의 시간들이 떠올랐다.

"가끔 이런 생각을 해요. 깊은 산에 들어가서 원시인처럼 사는 거."

호균이 너무도 고요하게 말했다.

"원시인이 뭐죠?"

지수는 아직 호균의 휘파람에서 깨어나지 못했고 원시인은 너무 뜻밖이어서 어리둥절했다.

"문명을 등지고 사는 거죠."

"어떻게요?"

"우선 전깃불이 없고 그러니 전깃불로 사용하는 게 없겠지요. 전기 에너지를 사용하는 게 없는 생활이겠죠."

"상상이 안 돼요."

"먹을 것만 농사짓고 자급자족하지요."

"모르겠어요."

"그냥 해본 소립니다."

호균은 지수의 이마에 입술을 댔다. 두 눈에 입 맞췄다. 코와 뺨과 입술에 입 맞췄다. 지수의 몸이 바람에 떠는 이파리처럼 떨고 있었다. 호균은 자신의 몸을 덮어 지수의 떨림을 여몄다.

"어떤 경우에도 자기를 포기하지 말아야 합니다. 그건 자기 자신에게 짓는 죄니까요."

호균이 지수의 손을 잡고 말했다. 무슨 뜻일까. 지수는 속으로
질문했다.

"전과자들은 더 이상 버틸 힘이 없을 때 다 팔자라고 말해 버립
니다. 운명의 힘을 부정할 순 없지만 그것이 자기를 아무렇게나
놓아 버리는 거라면 죄인이 됩니다. 죄 중에 가장 큰 죄가 자기 자
신에게 짓는 죄라고 생각해요."

무슨 뜻일까. 왜 전과자를 이야기할까. 물어봐야지. 지수는 이
렇게 생각하고도 말로 옮기지 못했다. 그가 하얗고 보랏빛으로 피
는 도라지 꽃에 대해 이야기하기 시작해서였다. 양귀비는 도라지
꽃이 필 때 그 속에서 핀다고 말해서였다. 양귀비는 줄기에서 나
오는 액에 중독성이 있지만 꽃은 세상에서 가장 순박하다고 말해
서였다.

"아, 저기 별똥별 봤어요?"

이때 지수가 소리쳤다. 별똥별이 오른쪽에서 왼쪽으로 둥글게
눈 깜짝할 사이에 떨어져 내렸다. 호균은 별똥별. 작은 소리로 중
얼거렸다. 유년의 밤. 집 마당에 나가면 수도 없이 보게 됐던 것.
호균은 양귀비 이야기를 더 하지 않았다.

둘은 자정을 한 시간쯤 앞두고 헤어졌다. 지수의 집 앞 대문이
바라보이는 가장 먼 곳에서 호균은 대문 닫히는 소리를 듣고 돌아
갔다.

이날도 지수는 방에 들어와서야 자신이 호균에 대해 여전히 아
는 게 없다는 사실을 깨달았다. 어디에 사는지, 전화번호는 뭔지.
하지만 더 이상 불안하지 않았다. 슬프지도 고통스럽지도 않았다.

13

지수는 방문을 닫고 자리를 보고 불을 끄고 누웠다. 누우니까 정신이 더 맑아졌다. 지수는 자신의 이마를 만져 보았다. 호균이 입술을 대었던 자리였다. 손바닥에는 아직도 그의 크고 거칠게 감촉되던 손이 고스란히 느껴졌다. 지수는 온몸의 살갗으로 물결이 밀리는 것같이 저리고 간지러운 느낌에 몸을 옹송그렸다.

나는 사랑하는 사람이 생겼어요.

지수는 속으로 말했다.

사랑하는 사람이 있어요.

다시 말했다.

그는 지금 부풀어서 아무것도 느낄 수도, 생각할 수도 없었다.

지수는 자궁 속에 든 아기처럼 다리를 모아 웅크리고 손도 앞가슴에 모아 쥔 채 홑이불 속에 숨었다.

신호균.

지수는 마음에 그의 이름을 새겨 보았다. 이 세상이 그 사람과 그 이름으로 가득 차 보였다. 지수는 생각지도 않다가 호균이 찾아와서 함께 해물탕 집으로, 해수욕장으로 다녔던 순간순간을 모두 되살려 냈다. 영화 화면을 되돌리듯이 그렇게 했다. 집 앞 골목에서 지켜보아 주던 것.

지수는 이불 속에서 즐거움이 보글보글 떠오르는 게 보여서 손으로 잡으려 하다가 문득 자신의 착각에 정신을 차렸다. 그러나 또다시 환상에 빠져들었다.

지수는 입 안에서 '호' 자를 소리 내 보았다. 소리는 나지 않고 입술만 동그랗게 되었다. '균' 자를 또 소리 내었다. 이번엔 '호균' 하고 불렀다.

새끼손가락만 한 사람이 이불 속에 나타났다. 그 옆에 또 한 사람, 또 한 사람, 또 또 또 한 사람…… 이불 속에 빼곡히 작은 사람이 가득 찼다. 모두 호균이었다. 호균은 반딧불처럼 몸에 환한 불을 켜고 있었다. 그래서 이불 속은 달처럼 환했다. 지수는 너무 기뻐서 호균을 만지려고 살며시 손을 뻗쳤다. 그러자 갑자기 수많았던 호균이 사라졌다. 이불 속이 캄캄해졌다.

지수는 잠깐 동안의 몽환에서 깨어났다. 허전하고 황망했지만 이 느낌은 오래가지 않았다. 금방 자기 곁에 호균이 왔다. 지수는 호균의 목소리를 들었다.

산에 가서 원시인처럼 살 수 있어요?

원시인처럼. 그래. 지수는 원시인을 상상했다. 단 한 번도 호기심이나 의문을 가져 본 적이 없는 원시인에 대해 지수는 바로 곁에 있는, 사촌 같은 이웃, 오래된 친구 같은 편안함을 동시에 느꼈다.

원시인은 말을 할까? 글자는 없을 거야. 그럼 말도 안 해? 표현은 하겠지. 소통해야 하니까. 입으로 소리를 낼 거야. 표정으로 나타내고. 손과 발로도. 땅이나 바위나 나무 잎사귀 같은 데에 그리지 않을까? 그림. 춤. 노래. 연극.

사람끼리만 소통하는 말을 가지지 않았으니까 살아 있는 것들과 다 소통했을 거야. 풀과 나무, 새와 뱀, 호랑이와 곰하고도 이야기를 할 수 있을지 몰라. 물고기와 가재하고도.

언제 태풍이 불고 장마가 지고 가뭄이 들고 눈이 오고 우박이 떨어지는지 알아야 했을 거야. 그래서 하늘과 땅과 별과 달과 해와 소통했을 거야.

그렇게 살 수 있을까? 그런데 왜 호균 씨는 그런 상상을 할까? 짓궂어서?

지수의 호기심과 상상은 여기서 멎었다. 더 앞으로 나가지 못했다. 왜……?

왜에서 벽에 부딪친 지수는 이불 속에서도 몸이 서늘해지는 걸 느꼈다. 이런 느낌이 싫었다. 혹시 호균 씨는 말하지 못할 뭔가가 있을까? 그는 정직하지 않나? 뭔가 감추고 속이는 게 있는 걸까?

이때 문득 번개 같은 게 스쳤다. '교도소'와 '전과자'라는 말들이 떠올랐다. 어떻게 그런 것들을 잘 알까. 남자들은 여자와 생각하고 상상하는 게 다르다니까. 게다가 특별히 책을 많이 읽었을 테니까. 그렇지만 자기한테 무슨 일이 생겨도…… 이런 말은 왜 자주 했지? 무슨 비밀이 있을까. 늘 초조해 보이고 어딘가로 떠날 것 같고. 왜 자기의 연락처를 알려 주지 않을까. 사는 곳도 말하지 못할까. 왜 감춰야 할 게 그렇게 많나. 나를 무시해서? 차이가 많이 나서?

지수는 '무시'와 '차이'에서 한동안 마음을 묶었다. 가슴에 찬 바람이 휭휭 돌았다.

그 사람한테선 여행자 같은 분위기가 느껴졌어. 내가 거기에 반한 건지 몰라. 아무것도 지니지 않은 단순한 여행자. 그런 사람의 홀가분함, 허전함, 쓸쓸함, 그런 거.

지수는 문득 자신의 뺨을 때렸다. 때리고 또 때렸다. 안방의 어머니에게 들리지 않도록 신경 쓰면서 거푸 때렸다. 그건 나쁜 생각이야. 그리고 이건 나쁜 생각을 하는 사람에게 주는 벌이야. 좋은 생각을 해야 좋은 일이 생겨. 엄마가 그랬어. 좋은 생각만 하라고.

지수는 벌떡 일어났다. 도저히 누워 있을 수가 없었다. 책상의 갓을 씌운 전등을 켰다. 종이를 꺼냈다. 볼펜을 손가락 사이에 으스러지도록 힘주어 잡았다. 흰 종이를 노려보았다. 한 글자도 써지지 않았다. 무언가 분명 쓰고 싶은 게 있었다. 솟구치던 그 마음은 어디 갔을까.

신호균.

지수는 이렇게 썼다. 그 뒤에 저절로 양귀비라는 글자가 쓰여졌다. 그 뒤에 잇달아 원시인이라고 썼다.

신호균 양귀비 원시인.

지수는 이 세 마디의 이름을 닳도록 들여다보았다. 그냥 그랬다. 신호균은 신호균이고 양귀비는 꽃이며 그의 말대로 소박한 꽃이었다. 원시인은 원시에 살던 사람들을 부르는 이름이었다.

지수는 신호균이라는 글자 밑에 자신의 이름을 썼다.

최지수 짝사랑 별똥별.

지수는 짝사랑에서 '짝' 자를 까맣게 지웠다. 별똥별에서 '별똥'을 까맣게 지웠다.

신호균만 남기고 양귀비와 원시인을 지웠다. 종이 위에 남아 있는 글자들을 읽었다.

신호균. 최지수. 사랑. 별.

남아 있는 글자들을 눈으로 삼켰다.

지수는 종이를 접어서 들고 불을 껐다. 불빛이 사라지자 어둠이 팽창했다. 문득 밤 바닷가 모래펄을 떠올렸다. 지수는 바다를 품고 모래 속에 종이를 묻고 이불 속으로 들어갔다. 지수는 눈을 감았다. 팔에 무엇이 닿았다. 손으로 팔을 살며시 만져 보았다. 아무 것도 없었다. 닿는 느낌이 팔에서 허리와 다리와 가슴으로 퍼졌다. 투명하지만 투명하다고 말할 수도 없는 것이 닿는 느낌. 무게도 형체도 소리도 없는 것, 그러나 분명하게 느껴지는 이것……
지수는 자신의 몸에 감기는 것이 호균이라고 생각했다.

14

호균과 지수가 만나지 않고 전화만 한 지 일주일이 넘고 열흘이 넘었다. 전화는 선물의 집으로 호균이 하루에 두 차례씩 하였다. 오늘도 그는 낮에 한 번 전화를 해서 지수의 목소리를 들었다.

호균의 전화를 받는 지수는 점점 차분해졌다. 언제 올 거냐, 호균 씨 있는 데로 가겠다, 이런 말을 하지 않았다. 잘 잤는지, 밥은 잘 먹었는지, 일은 잘되는지, 서로 그런 것을 묻고 대답하고 그랬다. 서로 곁에 있는 듯 느꼈다. 어머니와 자식처럼, 형제처럼, 부부처럼 편해졌다. 지수의 이런 변화가 호균에겐 행복했다.

그런데 오늘 저녁 선원 회관의 공중전화에서 지수에게 전화를 걸었을 때 지수는 좀 달랐다.

"왜 전화만 해요?"

어쩌면 말 그대로 단순한 물음이었을지 몰랐다. 그러나 호균은 단순하게 받아들일 수 없었다. 선원의 집에 들렀다가 익수가 있는 당구장에 가서 내기 당구를 치며 연달아 다섯 판을 졌다. 이런 일은 불가능에 가까웠다. 당구 실력으로는 익수가 호균을 따라잡을 수 없었다. 어쩌다 익수의 기분을 생각해 져 주는 적이 있었지만 실력으로는 안 됐다.

"혀엉. 정신을 어따가 팔아먹구 왔수?"

익수가 의아한 표정을 짓고 물었다.

"이런 날두 있구 그래야지."

"갑자기 사람 변하면 죽는다던데. 아님, 도가 튼 건가?"

익수가 중얼거렸다. 호균은 힘없이 웃었다. 익수는 설마 호균이 내일모레로 잡힌 '눈깔빼기' 때문에 그러는 건 아니겠지, 생각했다.

"그만하자."

호균이 손을 놓으며 말했다.

"그럼 술은 내가 살 테니 꼼장어 먹을라우?"

"다음에 가자."

호균은 털 듯이 계산을 하고 익수를 둔 채 당구장을 나섰다. 익수는 마치 뭐에 홀리기라도 한 표정으로 섰다가 황망히 호균의 뒤를 쫓았다. 그러나 그는 이미 길을 건너 집으로 가는 호균을 빤히 바라보기만 했다.

호균은 모퉁이 약국에서 소화제를 샀다. 언제나 그렇듯 종업원은 약을 많이 주었다. 무조건 어디 아프다면 이 약 저 약 섞어서 주는 게 이 종업원의 특색이었다. 호균은 활명수를 달라고 했지만 알약까지 받아서 결국 알약을 물약으로 삼켰다. 고객의 대부분이 사창가 사람들과 이곳을 들락거리는 사람들이었다. 환갑이 넘은 약사 아저씨는 면허증과 자격증을 걸어 두고 늘 여행을 다니거나 식도락을 즐기고 가게는 종업원이 봤다. 소문에 하버드 대학에서 의학 박사를 딴 외동아들은 미국 시민이 됐단다. 약사의 두 살 연상 아내는 그곳의 복지 혜택이 효자보다 낫다고 주장하며, 넌더리 나게 지긋지긋한 한국에서 살기 싫다고 1년에 한두 번 들락거린다고 하였다. 사람마다 누구나 그럴싸한 소문을 달고 살기 마련이었다. 소문은 퍼트리는 사람에 따라 진실과 차이가 좁아졌다가 벌어졌다가 해서 그저 들었다 잊으면 그만이었다.

호균이 여인숙으로 들어섰을 때 머리를 빡빡 민 중년 남자가 바지춤을 움켜쥐고 변소에서 나왔다. 그는 못 본 척 지나쳤다. 어디서 관상을 보는 중이 왔다던 명희의 말이 떠올랐다. 흘깃 호기심이 동했다. 등 뒤에서 공연한 헛기침 소리가 울렸다. 호균은 저도 모르게 뒤를 돌아보았다. 빡빡머리가 허연 이를 드러내고 웃었다. 호균은 역시 저절로 머리를 숙였다.

"여기서 짱 박구 지낸다는 분이구만."

그가 고개를 든 호균을 뚫어지게 바라보며 중얼거렸다. 그리고 고개를 절레절레 흔들었다. 호균은 자리에 붙박였다. 그는 호균을 외면하고 돌아섰다.

"저어."

호균이 그를 이렇게 불렀다. 그래서 1분 후에 호균은 그가 묵는 방으로 들어갔다. 담요 한 장과 나일론 홑이불이 둘둘 말려 있고 먹물 들인 스님의 옷이 축 늘어진 채 벽에 걸려 있었다. 어깨걸이 끈이 달린 검정 여행 가방은 윗목에 놓였다. 그게 전부였다.

"난 사기꾼은 아니고……."

그는 이렇게 시작해서 무릇 성직(聖職)은 낮은 곳으로 임해야 한다고 말했다. 왜냐하면 성직이란 속세의 세간에서 시달리는 사람들을 위로해 줘야 하기 때문이라 했다. 호균은 예를 갖춰 공손한 얼굴로 듣기만 하였다.

"참 아깝네. 아까워. 세월을 잘못 만났어."

그가 혀를 차며 말했다. 입을 벌릴 때마다 어금니 빠진 왼쪽 잇몸이 휑해 보였다.

"상(像)이 맑아서 그게 탈이로군."

그가 말했다. 호균은 웃었다. 상이 맑다는 건 뭐며, 뭐가 탈이라는 말인가. 그는 웃으며 생각했다. 사내는 호균을 가까이 불러 이마를 들춰 보고 귀를 만져 보고 눈썹을 매만지고 뒤통수를 쓸어 보았다. 그리고 한숨을 쉬었다.

"귀골(貴骨)인데 어려움이 도처에서 기다리니. 그래도 마흔 넘어 오십 바라보게 되면 잘 산다, 큰소리 칠 거요. 여자는 맘만 먹으면 따라오게 되어 있고. 보자. 당신은 전생에 너무 잘살아서 이생에선 그거 좀 갚으려고 태어났네! 인생은 그런 거요. 눈에 보이는 게 다가 아니고 안 보인다고 없는 게 아니지. 내 말 알아듣겠지? 살다 보면 생각날 때 있을 거요."

호균은 어떻게 인사해야 할지 쭈밋거렸다. 그가 눈치 먼저 채고 곰탕 값이나 놓고 가라고, 그래야 서로 개운하다고 말해 줬다.

호균은 그 방을 나와 제 방 문을 열고 들어갔다. 언제나 같은 방인데 오늘따라 을씨년스럽고 곰팡내가 역겨웠다. 잠시 문을 열었다가 이내 닫았지만 한동안 방 가운데에 우두커니 서 있었다. 세월을 잘못 만났다거니, 귀골인데 어려움이 도처에 기다린다거니, 전생에 너무 잘살았다거니 하는 말들이 지워지지 않았다. 여인숙을 전전하며 남의 인생을 샅샅이 들여다보고 한마디 해서 밥값 버는 그 중은 어떤 전생을 살았을까. 호균은 흥, 코웃음을 쳤다. 털썩 주저앉았다. 전화만 하느냐고 짜증 내던 지수 생각이 났다. 막막했다. 연애는 배불리 밥 먹고 등 따뜻한 인생들이나 하는 거지. 연애는 뭐고 사랑은 무슨.

그는 담배를 입에 물고 불을 붙였다. 실핏줄까지 연기를 몰아넣고 다시 뱉었다.

내가…… 지수를 속였나?

호균은 화가 났다. 이불을 베고 벌렁 누웠다.

난 분명히 전과자라고 말했어.

그럼 넌 펨프에다 밀수꾼 밑구멍 닦새라고 말했나?

논문은 무슨!

지가 맘대로 상상하곤!

어젯밤 호균은 언제 어떻게 잠들었는지 기억이 나지 않았다. 새벽에 눈을 떠서야 입은 채로 잠들었던 게 기억났다. 혼수상태에 빠졌던 거 같았다. 이런 날은 누가 죽여도 그냥 죽었을 것 같았다.

심호흡을 하면서 호균은 정신을 가다듬었다. 전생. 귀골. 세월. 그런 낱말들이 떠올랐다. 그리고 방에 들어와서⋯⋯. 비참했었다. 화가 났었다. 죽거나 죽이고 싶은 그런 기분이었다. 그러다가 깨었다. 아직 새벽이다.

호균은 주머니에 돈을 넉넉하게 넣었다. 옷을 입고 거리로 나갔다. 박명의 새벽 골목에 쥐와 개들만이 분주하게 뛰어다녔다. 빈 택시가 오고 갔다. 그는 터덜터덜 장거리로 갔다. 막 문을 연 해장국 집에서 우거지 해장국을 먹었다. 그새 날이 밝았다. 술기운에 절은 남자와 여자가 들어왔다. 여자가 숨 죽인 소리로 무어라 말했다.

거리에서 호균은 서 있는 택시를 잡았다.

"솔거리 가실 수 있습니까?"

그는 태어나고 자란 산골 마을 이름을 댔다.

"타요! 불경기에 돈 가려서 벌겠수?"

기사가 말했다.

"솔거리 누구네 가우?"

운전기사가 말을 걸었다. 솔거리를 잘 아는 사람 같았다.

"솔거리에 상(喪)이라도 났수?"

호균이 다소 놀란 목소리로 물었다. 두 사람은 뒷거울로 눈을 맞추고 말했다.

"어느 집에 상이 나서 가우?"

"아, 아닙니다. 그냥 얼떨결에 나왔습니다."

"일찍 그리루 들어가니…… 대개 너나없이 사람들 급한 걸음이라는 게 다 상이 아니문…….."

"한나절에 다녀오려구요."

호균이 말했다. 차는 점점 산속으로 깊이 들어갔다. 길은 비좁아지고 비탈졌으나 차창의 풍광은 청결했다.

"솔거리에 전기가 들어옵니까? 몇 해 전에두 깜깜하던데."

운전기사가 물었다. 호균은 뭐, 들어오겠지요, 하고 어물쩍 넘겼다. 그가 고향을 떠나올 때도 전기가 들어가지 않았다. 두 해 전에 갔을 때는 군에서 전주를 심는 공사를 한다고 했다. 고개 너머 일곱 집이 모여 사는 골짜기엔 경비 전화도 놓였다고 하였다. 전기가 들어오면 텔레비전을 볼 수 있겠다고 좋아하던 조카들 얼굴이 떠올랐다. 그들의 꿈이 이루어졌나? 호균은 아이들에게 텔레비전을 사 주겠다던 약속을 지키지 않은 사실을 방금에야 깨달았다.

유년기의 솔거리. 가난도 궁핍도 몰랐다. 모두 고만고만 살아서 구태여 잘살고 못살고가 없었다. 호균은 차창으로 개구리와 가재를 잡아먹고 칡뿌리를 캐고 머루 다래 버섯을 따고 산토끼와 꿩을 잡던 산천을 바라보았다. 아직도 눈에 선한 흰색과 보라색의 도라지꽃과 양귀비꽃들……. 아. 그는 문득 깨달았다. 솔거리를 찾아오는 건 앞남산 등허리께가 그리웠기 때문이구나. 양귀비꽃. 아침이슬. 다람쥐.

호균의 가슴이 축축하게 젖어들기 시작했다. 여기서 형처럼 살까. 조카들을 자식처럼 돌보며. 그 애들 뒷바라지하며. 이렇게 생각하고 피식 웃었다. 기사가 고개 추켜들고 뭐라고 물었지만 호균은 듣지 못했다. 그는 이마와 코끝이 차창에 짓눌리는지도 모를 정도로 생각에 잠겨 있었다.

호균은 양봉(養蜂) 치기를 떠올려 봤다. 돈이 되려면 토종벌이 낫지만 번식이 쉽지 않고 1년에 한 번 떠서 부르는 게 값으로 팔자면 서울 부자와 줄이 닿아야 할 것이었다. 토종벌은 양봉에게 다 잡혀 죽었다. 호균은 벌치기를 포기했다. 요즘 유행하기 시작하는 고랭지 채소, 장뇌삼, 당귀 같은 약초, 곰취 같은 산나물.

키우는 것과 돈벌이는 별개였다. 그는 두 개의 멀고 먼 거리를 넘나들 자신이 없었다. 지수가 장난기 넘치게 호기심을 보인 원시적 삶은 이런 게 아닐 것이었다. 그는 자신의 철부지 같은 내면이 수치스러웠다. 휘영청 달 밝은 밤에 달빛과 통정을 하던 양귀비꽃을 그리워하는 자신과 텔레비전을 목 빠지게 기다릴 조카들 사이에 그가 설 자리는 없었다. 그는 숨이 막혔다. 차창을 내렸다. 바람이 휘몰아 들었다. 길지 않은 머리카락이 풀풀 날렸다.

"산골에두 좋은 게 있네. 공기 하난 돈 주구두 못 사겠네. 일본 동경 백화점에선 맑은 공기를 깡통에 담아 판다더라만. 그기 사람 살 데나?"

기사가 혼잣말을 했다. 호균은 듣지 못했다. 그는 자꾸 울고만 싶었다. 울려고 여기 온 것은 아니었다. 그저 불쑥 솔거리가 보고 싶었다.

"안죽두 더 들어가우?"

가파르고 울퉁불퉁한 비포장 산길에 기사는 짜증이 났다. 아무리 솔거리라도 아늑한 데가 있고 사나운 데가 있었다. 이렇게 꼭대기까지 올라가서 무슨 편편한 땅이 있을까, 그는 비웃게 됐다.

"아닙니다. 돌릴 수 있는 데서 돌리십시오."

호균이 갑작스럽게 말했다.

"여기야 어디 몰라서나 오지 원…… 이런 데서 뭘 해 먹구 사는 지. 세상에 사람만큼 독한 거두 없단 말이 맞어."

기사가 끝내 심통을 숨기지 못했다. 산기슭을 깎아서 짐차 하나 서게 넓힌 곳에서 차를 돌렸다. 그 옆으로 들깻잎이 바람에 하늘 거리는 손바닥만 한 밭이 보였다. 들깨 밭 둔덕에 호박 덩굴이 기어가고 누렇게 오갈이 든 잎이 누워 있었다.

"어차피 오늘 돌아갈 거라문 내가 기다리구. 얼매나 걸리우?"

기사가 시계를 보며 물었다. 그러나 호균은 대답하지 않았다. 기사가 반응 없는 뒷자리가 기이해서 돌아다보았다. 아니나 다를까, 손님이 차창에 코를 박고 무슨 생각에 잠겨 있었다. 혹시 우는 게 아닌가 싶고 무슨 사연이 있나 궁금하기도 하였다. 그리고 순식간에 자신이 알고 있는 사람 중에 솔거리와 상관 있는 사람을 생각해 봤지만 알 만한 사람이 떠오르지 않았다. 아무래도 이곳과 무슨 사연이 있긴 있을 텐데. 물어볼 수도 없고 감질만 났다.

"안 내려요?"

기사는 딴에 1분 쯤 시간을 뒀다가 잠 깨우듯 소리쳐 물었다. 호균이 화들짝 고개를 추켜들었다. 눈이 붉어 보였으나 운 기색은 없었다. 기사는 다행이다 싶어 표정이 다 피어났다.

"미안합니다."

"미안할거야 뭐. 난 어차피 빈 차로 내려가느니 기다렸다 모실까 하구."

기사가 연신 눈치를 살피며 말했다.

"그냥 돌려 내려가시지요."

호균이 말했다.

"여기까지 왔는데 내려서 흙이라도 밟아 봐야 할 거 아니유. 뭔 사연인진 몰러두."

기사는 이렇게 말하고 멋대로 시동을 껐다. 그가 먼저 문을 열고 내렸다. 담배를 입에 물었다.

"라이타 줌 있수?"

그가 앉아 있는 호균을 들여다보며 물었다. 호균이 라이터를 꺼내 줬다. 새끼. 싸가지 읽긴. 불을 켜 주문 어디가 덧나냐? 하여간 이 나라는 학교란 게 읽어져야 해. 그누무 학교에선 멀쩡한 아덜 데려다가 말짱 사람 못쓰게 맹그는 데라니! 기사는 라이터를 받아 불을 붙이며 속으로 욕했다. 그는 불붙은 담배를 힘차게 두어 번 빨고 나서 라이터를 돌려주며 다시 한마디 했다.

"날이 가문 밭에다가 거름두 뿌려 주구 갑시다. 좋은 일두 하민서 살어야지."

기사는 몇 발 앞으로 갔다. 그는 말처럼 밭으로 가지 않고 산딸기와 칡넝쿨이 엉킨 길섶에 오줌을 누웠다.

호균은 끝끝내 차에서 내리지 않았다. 그는 양귀비가 무리 지어 달빛에 떨던 등성이 어딘지 알고 있었다. 가 보지 않아도 눈에 밟혔다. 절름발이 형. 형수. 조카들 인생. 펜대 굴리는 데서 나올 거라 믿는 형의 희망. 호균은 목이 메었다. 이를 악물었다. 발끝이라도 움직이면 눈물이 쏟아질지 몰랐다. 긴장을 놓치고 엉엉 소리쳐 울게 될까 호균은 겁이 났다.

15

운전기사는 갈 때보다 더 속력을 내었다. 그는 라디오도 틀었다가 노래 테이프도 틀었고, 가끔 호균을 훔쳐보았다. 호균은 턱을 고이고 창밖을 내다보고 있는데 한 번도 자세를 바꾸지 않았다. 적지 않은 택시 요금으로 먼 산골까지 가서 그대로 내려오고. 참 기이했다. 오줌보는 동해바다만 한가. 그것도 우습고 궁금했다.

택시가 솔거리를 돌아 나올 때 뒷산에서 까마귀가 울었다. 낯선 사람이 오가는 걸 산천에 알린다는 새, 까마귀. 영물이라고 했다.

호균은 여전히 턱을 괴고 차창에 이마를 댄 채 차가 흔들리는 대로 흔들리고 있었다. 문득 지수가 보고 싶어졌다. 어젯밤. 한동안 미워하고 한동안 자신과는 상관없을 사람으로 밀쳐 뒀는데 점점 그리움이 사무쳤다. 별똥별을 보고 소리치던 그 여자. 그 순간을 함께 살 수 있을 것 같았다. 호균이 엉뚱하게 원시인을 떠올린 건 그래서였다. 살 길이 있을 것 같아서.

신기루는 사막에만 있지 않았다. 택시가 읍내에 가까워질수록 호균은 자신의 욕망이 신기루라고 생각하기 시작했다. 지수는 없다. 그런 여자를 만난 적도 없다. 나는 태어나지 않았다.

호균의 생각이 여기쯤 이르면 그는 언제나 숨이 막혔다.

101번지 거리. 한영사전을 들춰 가며 써 대는 영문 편지, 밀수품 지게지기, 윤 형사 비위 맞추기, 포주에게 빚을 다 갚고 독립해 혼자 영업을 하는 매춘부 명희…… 호균의 머릿속에 이런 것들이 쏟아져 내린 넝마처럼 스쳐 지나갔다. 그는 자신도 모르게 넌더리를 쳤다. 불과 몇 시간 전에, 피난처로 찾아갔으나 발도 내디디지 못하고 돌아선 고향처럼, 희망과 평화는 천리만리 도망갔다.

택시는 예정된 네거리에서 신호등에 걸려 멈췄다. 호균은 시계를 보았다. 3시였다.

"지금 좌회전 됩니까?"

호균이 급하게 물었다.

"뭐라구요?"

기사가 거칠게 되물었다.

"아, 아닙니다. 저기서 내리지요."

호균이 잠깐 차를 돌려 지수에게 갈까 충동적으로 생각했었다. 요금을 내고 차에서 내릴 때 그는 차라리 잘됐다고 생각했다. 지수에게 갔다면 다시 후회했을 것 같았다.

호균은 천천히 걸었다. 그러나 눈앞이 뿌연 안개에 가려진 듯

사물이 잘 보이지 않았다. 여기가 어딘지 깜박 머릿속이 먹통이 됐다. 지수네 가게가 있는 중앙통인지 101번지 앞 시장거리인지 분간이 되지 않았다. 한꺼번에 어둠과 빛이 오락가락하는 것처럼, 절망과 희망이 뒤슬러 대는 것처럼, 그는 혼란스러웠다.

전파상에서 유행가가 흘러나왔다. 그는 어디서 언젠가 들어 본 적이 있는 노래를 기억하려고 애썼다. 그러나 알 수가 없었다. 가방을 어깨에 멘 중학생 서넛이 서로 어깨를 치고 떠들며 지나갔다. 그 뒤로는 아이를 업은 젊은 부인, 양산을 쓴 아주머니…… 호균은 사람들을 아무 생각 없이 스치며 걸어갔다. 그러다가 그는 깜짝 놀라 붙박여 섰다. 저 앞쪽에서 지수가 가게의 간판들을 두리번거리며 다가오는 것이었다.

지수.

호균은 지수를 불렀다. '지', '수'라는 말이 그의 가슴에서 목덜미까지 돌멩이처럼 공처럼 오르내리는 걸 그는 느꼈다. 이렇게 느끼면서 그는 허겁지겁 지수에게로 달려갔다. 지수! 그가 황망히 이름을 부르려 할 때, 전혀 낯선 여자가 그를 경계하는 빛으로 쳐다보면서 급한 걸음으로 걸어갔다.

이날 호균은 항구 집까지 걸어가면서 두 번이나 이렇게 지수를 헛보았다.

"이 사람 보게나아. 자네 상판이 왜사 그렇나아?"

주렴을 들추고 들어서는 호균에게 양 씨가 놀란 목소리로 물었다. 호균은 양 씨에게 웃어 보였으나 되레 우거지상이 되었다.

"장가간다더니 야아 그래서 어디……."

양 씨는 바가지 물을 집 앞에 흩뿌리고 돌아서며 걱정 반 농반으로 말했다. 미처 앉지도 않고 냉장고에서 맥주 한 병을 들고 자리를 잡은 호균은 속으로 물었다. 장가요? 호균은 맥주를 따서 잔에 가득 붙고 단숨에 들이켰다. 장가요? 누가요? 호균은 거품만 남은 빈 잔을 탁자 위에 올려놓으며 속으로 다시 물었다.

손님은 없고 밥 때도 아닌 시간. 식당은 한가했다. 양 씨가 부엌 쪽 문으로 들어가더니 안에서 말소리가 났다. 곧 그의 아내가 유리그릇에 미숫가루를 타서 수저로 저으며 나왔다.

"미스타 신!"

양 씨의 아내가 호균을 불렀다.

"안녕하셨어요?"

호균은 앉은자리에서 인사했다.

"그 사람 만났수?"

양 씨의 아내가 계산대 앞에 앉으며 물었다.

"누굴 만나요?"

"못 만났군."

"누구요?"

"난 또……."

양 씨의 아내가 미숫가루를 벌컥벌컥 들이켰다.

"미스타 신을 찾더라구. 못 만났나 봐?"

"누군데요?"

호균은 문득 애가 탔다. 공연히 겁이 나고 뭔가 기대도 됐다. 양 씨의 아내가 손가락으로 얼음을 건져 입에 넣었다. 한쪽 볼이 불거져 나왔다.

"여잔가요?"

호균이 참지 못하고 이렇게 물었다.

"여자? 아니야. 남자던데. 여기서 약속하지 않았어?"

여자가 아니라면. 호균은 맥이 빠졌다.

"약속은 뭔 약속."

양 씨가 들어오며 참견했다.

"저 사람을 아는지 묻던데. 그러니 약속을 한 건 아니여."

"그랬어요?"

양 씨의 아내가 얼음을 우두둑 깼다. 양 씨 내외를 번갈아 쳐다보는 호균의 눈에 깊은 상심이 어렸다. 불안과 슬픔도 스몄다.

"아까 그 사람이 또 온다구 했지유?"

양 씨의 아내가 남편에게 물었다.

"몰러. 온다구 하던가? 궁굼한 거두 많다. 젠장, 급하문 찾는 사람이 어련히 또 안 올라구."

"누가 절 찾았다구요?"

이제야 호균은 정색을 하고 물었다.

"누구랑 만내기루 안 했어?"

"아니요. 날 찾을 사람이 선원들밖에 더 있어요?"

"아니야! 내가 똑바루 봤어. 선원 같지는 않어. 선원을 해 먹을라문 그렇게 생겨 먹었어야지."

"저, 반은 죽어야 저 버릇 고채! 아니 누가 낯짝에 뭐 해 먹는다구 써 붙이구 댕기나? 그럼 누가 사기를 당해! 세상을 저렇게 쉽게만 보니 뭐 남자라구 허구한 날."

양 씨 부인은 내친김에 한마디 퍼 댔다. 양 씨는 아무렇지도 않았다. 그저 실실 웃으며 일본 배가 들어왔다지? 중얼거리고 호균 앞에 앉았다.

"어제 하나 들어왔어요. 며칠 있으면 또 하나 들어올 겁니다."

"아가씨들만 바쁘게 생겼네."

"예전 같진 않아요."

"하긴, 불경기두 세계적이라니. 세계가 다 불경기란 거겠지. 우리나라만 불경기가 아니구. 백성들 바보 맹글라구 꾸며 낸 말 아니여?"

양 씨가 말했다. 호균이 남은 맥주를 마저 마시고 일어섰다.

"가게?"

"예."

"바쁘잖으면 장기나 한 판 두지."

"다음에요."

"날씨가 무르네. 비가 올라나."

양 씨가 맥주 값을 계산하는 호균을 물끄러미 바라보며 말했다. 문가에 하루살이가 까맣게 맴을 돌았다. 양 씨는 호균이 모퉁이를 돌때, 잘 가! 또 와! 소리쳐 주고 안으로 들어왔다.

"미스타 신만큼 셈이 깨끗한 사람두 없지 여보?"

양 씨의 아내가 남편에게 말했다.

"사람이 그렇게 맑게만 놀아도 못써. 물이 맑으면 고기도 못 산 다잖아. 인생은 지저분한 거여. 여북하문 부처가 다 고해라구 했 을까."

양 씨가 중얼거렸다. 그의 아내가 눈을 흘겼다.

"그럼 뭐 도둑놈 심보를 써야 좋단 말이유? 저 양반은 늘……."

"여자란 건 저렇게 밴댕이 소가지라니간."

항구 집 양 씨 내외는 늘 이런 걸로 서로 미워했다.

호균이 모퉁이를 돌았을 때였다.

"신호균 씬가요?"

한 남자가 불쑥 뒤에서 말했다. 호균은 화들짝 놀랐다. 뒤를 돌 아보았다. 서른 살 안팎의 보통보다 커 보이는 몸피에 그저 그런 보통의 인상을 가진 남자가 서서 미소 짓고 있었다. 이 사람은 누 굴까? 마약 단속 반원이 이렇게 생겼던가? 솔거리의 둔덕 밭에서, 자신이 돌아설 때까지 지켜보고 있었을 그 남자, 그리고 눈이 마

주쳤을 때의 그 오싹한 놀라움이 먼 세월을 휙 가로질러 되살아났
다. 그래서 오늘 거길 갔었던가? 뭔가 희한했다. 운명 같다고 할
까? 그런 냄새. 혹은 느낌. 힘.

"신호균 씬가요?"

호균이 갈피 잡지 못해 혼란스러워하는 동안 그 남자가 다시 처
음처럼 부드러운 성우 말씨로 물었다.

"그런데요."

윤 형사가 보낸 끄나풀일지 몰라. 호균은 생각했다.

"잠깐 얘기 좀 하실까요? 시간 좀 내주시죠."

"누구신데요?"

"여기선 좀 그렇고 어디 잠시 들어가서 말씀드리지요."

남자가 말했다. 호균이 항구 집을 돌아보았다.

"저쪽에 괜찮은 다방이 있더군요."

남자가 말했다. 호균은 그와 함께 걸었다. 걸으면서 자신의 발소
리를 들었다. 마음이 야릇해졌다. 뭔가 벅차고 두렵고 흥분됐다.

"지내시긴 괜찮습니까?"

남자가 물었다. 호균은 대답하지 않았다. 이 사람은 누굴까? 혹
시 지수가 보낸 사람은 아닐까? 지수는 홀어머니의 외동딸이라고
했는데…… 남자가 한발 앞서서 길가의 호수 다방으로 들어갔다.
지하로 내려가는 가파르고 좁은 계단을 그가 앞섰다. 찻집은 빈
의자만 있었다.

216

"누구신지요."

호균이 먼저 입을 뗐다. 종업원이 주문을 받으러 왔다.

남자는 먼저 호균에게 마실 것을 선택하도록 했다. 호균이 사양하자 그는 홍차가 어떻겠느냐고 묻고 그렇게 두 잔을 시켰다.

"놀라셨지요."

그가 웃으며 말했다. 호균은 주머니에서 담뱃갑을 꺼내 탁자에 올렸다.

"담배 좀 태우겠습니다."

"네, 하십시오. 전 못합니다."

남자가 대답했다. 호균은 담배 연기가 그에게로 가지 않게 얼굴을 돌리고 내뱉었다. 종업원이 홍차를 내려놓았다.

"음악이 좋은데 볼륨을 키워 주실 수 있습니까?"

남자가 말했다. 곧 음악 소리가 커졌다.

"호균 씨 말은 김정민 선생한테서 들었습니다."

이때 호균의 얼굴에 반짝 빛이 스쳤다.

"정민 형을 아십니까?"

"알다마다 뿐이겠습니까. 정민 선생은 늘 호균 씨를 그리워하며 호균 씨의 훌륭한 품성에 대해 말했습니다. 호균 씨는 놀랐을지 몰라도 전 하도 자주 말씀 들어서 늘 만나 온 사람 같습니다. 반갑습니다."

남자가 새삼 엉덩이를 조금 들고 호균에게 다시 인사를 했다.

호균도 얼결에 그렇게 했다. 하지만 호균은 정민이란 이름을 듣는 순간 잠깐 얼이 빠졌다. 그가 이렇게 사람을 보내서 기별을 하리라곤 상상도 못했던 것이다.

"정민 형은 제게 어떤 면으로 은인입니다⋯⋯."

호균은 그가 '고베'에 산다는 말을 들으며 추억에 잠겼다.

그날 호균은 선원의 집에서 정민이란 남자를 처음 만났다. 일을 시작한 지 얼마 안 된 팸프 호균은 '좋은 여자' 있다고 정민에게 접근했다. 정민은 좋은 여자 대신 호균을 선택해 그의 여인숙에서 하룻밤을 묵었다. 정민이란 남자에겐 이상한 데가 있었다. 처음 만나도 처음이 아닌 것처럼 느껴지게 하는 마력이었다. 호균은 자신이 왜 이런 곳에서 사는지, 진지하게 솔직하게 말했다. 그가 구체적으로 물어본 것도 아닌데 줄줄 말했다.

"사람이 모름지기 생산적 삶을 살 수 있는 사회가 되어야 겠지만."

정민이 말했다. 생산적 삶. 호균은 알아듣지 못했다.

"정민 선생이 호균 씨를 무척 걱정합니다."

"걱정한다, 고요?"

호균이 물었다. 그날도 정민은 호균을 걱정했다. 걱정 끝에 그가 말했다. 사람이 사람을 사람으로 대접하며 살아갈 수 있는 세상에 대해 말했다. 호균은 이해할 수 없었다. 정민은 외항 선원 중의 하나였다. 그러나 그와 함께 있는 동안 호균은 자신의 삶이 얼마나 누추한지 너절한지 빈천한지 거울을 보듯 느껴야 했다. 단 하루 만나고 헤어진 외항 선원 정민은 호균의 인생에 수수께끼가 됐다. 호균이 그날에 이르도록 누구에게도 들어 보지 못한 이야기를 너무 많이 해 줘서. 의미를 다 해득하지 못했어도 뭔가 강렬한 그리움이 남았었다.

"호균 씨에게 어려움이 많을 거라고 퍽 걱정했습니다."

남자가 말했다.

"어려움은요. 쓰레기 더미에 파묻혀 사는 인생이 다 그렇지요."

"사실은…… 정민 선생이 부탁을 했습니다. 큰 폐가 되지 않으면 말씀을 드릴까 하는데요."

"물론 제가 정민 형 도와드릴 일이 있으면 해 드려야지요! 무슨 일이든지 할 수 있습니다. 오늘 자정에 잠깐 일을 보고 나면 저는 한가합니다."

호균은 밀수 건이려니 하고 큰소리로 말했다. 들어주고 싶었다. 마약만 아니라면. 들어줘서 정민 형에게 자신의 존재를 되새기게 하고 싶었다. 항구 집 양 씨 아저씨 말대로 인생은 고기가 살 수 없는 맑은 물이면 안 된다고, 이런 말도 해 주고 싶었다.

"고맙습니다."

남자가 낮고 무거운 목소리로 말했다. 그는 윗저고리 안섶에서 수첩을 꺼내 탁자 위에 올려놓았다. 왠지 호균은 긴장이 되었다. 마약은 어렵다, 속으로 생각했다. 그건 정민 형이라도 할 수 없다,

결심했다. 긴장되어서 앉음새를 고쳤다.

이윽고 남자가 수첩을 열었다.

"여깁니다."

그가 수첩을 보며 말했다. 호균이 수첩을 들여다보았다. 무슨 약도가 그려져 있었다. 네거리와 상점과 골목과 전신주와 집들의 표시를 보았다.

"여깁니다."

다시 남자가 말했다. 호균이 구부린 몸에서 고개만 들어 남자를 보았다. 그도 호균을 마주 보았다.

"작은 물건을 이 집에 전해 주시면 되는 일입니다. 예순쯤 된 어머니와 두 아들이 살고 있습니다. 고등학교를 졸업한 큰아들은 시청에 다니고 작은아들은 대학생인데 방학이라 지금 집에 와 있을 겁니다. 어머니는 피하고 아들들 누구에게나 선이 닿는 쪽에 건네주십시오. 이게 전붑니다. 내일 중이 가장 좋겠습니다. 정민 선생은 호균 씨를 만나고 싶어 합니다."

남자의 목소리는 차분하고 부드럽고 따뜻했으나 호균은 왠지 떨렸다. 그저 근거 없는 두려움이 몸살 기운처럼 퍼지는 게 느껴졌다.

"전…… 저기…… 전과가 있어서. 마약은 곤란합니다."

호균이 더듬거리며 어렵게 말했다. 그리고 계속 이 사람은 누굴까, 생각했다. 혹시 형사 끄나풀. 간첩…….

호균의 몸이 진저리를 쳤다. 마약도 안 되고 형사도 안 되고 간첩은 더더욱 안 됐다. 하지만 겉으로는 태연했다.

"무리하지는 마십시오. 정민 선생은 호균 씨를 만나고 싶어 합니다. 그런 날이 오길 간절하게 기다리고 있습니다."

남자가 여전히 낮고 부드러운 목소리로 말했다. 호균은 고개를 떨군 채 한동안 아무 말도 하지 않았다. 남자가 담배를 권했다. 호균은 불붙어 연기를 가물가물 피워 올리는 담배를 받아 입에 물었다. 연기를 허공으로 뱉었다. 찻집엔 노랫소리만 들리고 그사이 출입문이 한 번 흔들렸다. 손님이 아니라 커피 공급 회사의 수금원이었다.

호균은 '비굴함'을 느끼고 그 감정에 대해 생각했다. 이미 자신은 피할 수 없는 어떤 '순간' 속에 들어와 있다고 생각했다. 피할 수 없는 순간. 그런 순간에 태어나고 죽고 만나고 헤어지고 불행도 행복도 생길 것이라고 생각했다. 긴장과 비장함이 동시에 호균을 사로잡았다. 마치 지수를 만났을 때와 비슷했다. 한 사람의 삶속에 자신의 삶이 포개지는 것을 '선택'해야 했던 것 같은, 그런 절박하고 긴요한 '순간'이라고…… 그래서 지금 호균에겐 자신의 삶과 운명이 비릿하게 감지되었다. 정민이란 선원이 스스럼없이 자신에게 다가와 '존엄성'의 의미를 느끼게 해 주었을 때도 이랬다.

"정민 선생은 호균 씨를 만나고 싶어 합니다."

남자가 말했다. 그는 벌써 이 말을 세 번째 하고 있었던 것이다.

"호균 씨가 원한다면 고베에 가실 수 있습니다."

잔잔하게, 사람의 마음을 편안하게 하는 웃음을 지은 얼굴로 남자가 말했다. 그러나 그 말을 듣고 있는 사람, 호균의 얼굴은 말이 아니었다. 그는 완전히 굳은 표정으로 남자를 바라보고 있었다.

"아마 거기 가시면 전혀 새로운 인생이 시작되겠지요."

남자가 나직이 말했다. 그러나 아직도 호균의 굳은 얼굴, 얼어붙은 눈매는 풀리지 않았다.

"차를 한 잔 더 하실까요? 아니면 어디 가서 식사를 하시지요."

남자가 친절하게, 참을성 있게 말했다. 호균은 꼼짝도 하지 않았다.

고베라고? 고베는 일본 땅이다. 그곳은 항구다. 거기 갈 수 있다고. 호균은 고개를 숙인 채 생각에 사로잡혔다. 떠난다. 이곳을 떠난다. 아주 간다! 나를 지우고 나를 버리고 나를 죽이고 떠난다. 다시 태어난다. 호균은 미친 듯이 상상했다.

"어떻게 갈 수 있습니까?"

호균이 물었다. 남자가 웃었다. 그리고 입을 열었다.

"저녁 식사를 같이할까요?"

"네."

호균이 힘차게 대답했다. 그들은 밖으로 나갔다. 거리는 어두워지고 있었다. 그들은 중국 음식점, 동보성 2층의 작은 방으로 들어갔다. 두 사람은 상을 마주하고 앉았다. 남자가 호균에게 손을 내밀었다. 호균이 그의 손을 잡았다. 남자가 다른 한 손을 호균의 손에 포개었다. 순간 호균의 가슴이 뭉클했다.

"반갑습니다."

남자가 새삼 말했다. 호균은 감격스러웠다. 무어라고 말을 할 수가 없었다. 그곳에 가면 새로운 인생을 시작할 수 있으리라……

"정민 선생이 얼마나 반가워할지 눈에 선합니다."

"언제 갈 수 있지요?"

호균이 달떴다. 흥분을 누르려 애쓰며 물었다. 그는 지금 지도에서만 본 도시 '고베'만 생각했다.

"언제 갈 수 있습니까?"

호균이 다시 물었다.

"결정되면 금방입니다."

"가겠습니다! 내일 당장이라도 갈 수 있습니다. 저는 형도 알다시피 잃을 게 없는 인생입니다!"

호균이 감동한 목소리로 말했다. 이때 누가 문을 두드렸다. 이내 문이 열렸다. 종업원이었다. 그들은 배갈과 해삼탕과 냉채를 시켰다.

"정민 형은 아직도 배를……"

호균이 물었다.

"아닙니다. 지금은 사업을 하고 있습니다."

남자가 대답했다. 사업이라고? 돈을 벌다니! 그런 것관 멀어 보이던 사람 아닌가?

"정민 선생은 신념이 굳고 사명감이 투철하지요."

남자가 말했다. 그는 호균이 아직 아무것도 제대로 이해하지 못했다는 걸 알아차렸으나 그다지 개의치 않기로 했다. 호균은 바탕이 있기 때문에 시간을 가지고 씻고 닦으면 좋은 일꾼이 되리라고 믿는 것이었다. 조국의 현실에 대해서는 정민이 잘 학습시킬 테니까. 그래서 그는 호균에게 필요 이상의 긴장을 시키지 않으려고 마음을 썼다.

"정말…… 정말 갈 수 있을까요?"

호균이 자신의 염려가 스스로 부끄러우면서도 확인하지 않을 수 없어서 이렇게 물었다.

"호균 씨의 마음에 달렸습니다. 이쪽에선 이미 준비가 끝났습니다."

남자가 너무도 쉽고 태연하게 말해서 호균은 놀라는 것이 민망할 지경이었다. 혹은 놀리는 건 아닌가 의심도 됐다.

"27일에 떠나는 뱁니다."

그가 나직이 말했다.

"27일?"

호균이 소리쳤다.

"그렇습니다."

"아!"

호균은 입을 벌렸다.

"준비할 건 없습니다. 이번 기회를 잃으면 다음엔 또 다른 선으로…… 아마 여기에서 직접 떠나긴 어렵겠지요. 배편이 쉽지 않으니요."

남자가 말했다.

"그럼 밀항인가요?"

"일단 그렇습니다."

호균은 남자의 말을 들으며 고개를 끄덕거렸다.

밀항. 꿈같은 말이었다. 얼마 전에도 들었던 밀항 이야기를 기억했다. 위험하지만 성공하면 누이 좋고 매부 좋다고 했다. 발 달린 짐승은 다 저 좋다는 데 가서 살아야 한다고 선원들이 말했다.

밀항. 그것은 그가 너무 오래도록 간직하고 비밀로 묻어 두어서 자신의 일부처럼 느껴졌다. 이렇게 가까운 말일 줄 그는 상상도 못했었다. 그래. 다시 '시작'하자. 호균은 가슴에 폭풍이 이는 걸 느꼈다. 종업원이 음식을 들여왔다. 남자는 배가 고팠었다고 말했다. 두 사람은 배갈을 주고받았다.

"저는 공부에 포원이 진 사람입니다!"

술기운이 돌자 호균이 목소리 높여 말했다. 그는 때때로 앞에 앉은 남자가 지수라는 착각에 빠졌다가 얼른 제정신을 가다듬었다. 그는 빈속인 데다 지쳤고 흥분했으므로 술이 쉽사리 돌았다.

"자신의 삶을 탕진하는 건…… 개인주의요 자유주의입니다.

226

본인이나 사회에 이로울 것이 없지요."

남자가 부드러운 목소리로 말하고 사람 좋은 웃음을 웃었다. 호균은 그 말을 듣지 않았다. 지금은 그저 이 지옥을 떠날 수 있다는 것만으로 벅차고 홀가분했다. 호균은 윤 형사와 익수, 포주 모개와 깡다구, 김 주임과 양 씨, 그리고 명희, 미애, 정희……를 떠올렸다.

"내일은 오전이 좋습니다."

남자는 배갈을 자신의 잔에 자주 따랐다. 그는 호균이 취해서는 안 되기 때문에 그렇게 배려하고 있었다.

"오전요?"

호균이 머리를 흔들며 물었다.

"걱정 없습니다. 제가 무얼 전해야 합니까?"

호균이 다시 씩씩한 목소리로 물었다. 남자가 호균의 눈을 들여다보았다. 잠시 그들은 고요 속에 잠겨 들었다. 이윽고 남자가 입을 열었다.

"자그마한 물건입니다."

자그마한 물건. 그런데 왜 지금 문득 지수가 떠올랐을까. 지수. 자그마한 물건이란다. 사랑하는 지수. 당신 곁을 떠날 수밖에 없지만 내 인생은 이미 당신 것이다…….

"물건은 내일 정류장에서 드리겠습니다."

남자가 말했다. 호균은 문득 정신을 차렸다.

"걱정이라도 있으십니까?"

남자가 물었다.

"아, 아닙니다!"

호균이 완강하게 부정했다.

"내일, 호균 씨가 표를 끊을 때, 저도 표를 사겠습니다. 표를 사면서 옆에 있는 제 손에서 물건을 건네받으시지요. 보통 책 한 권 정도 들어 있는 것 같은 봉투 하납니다."

호균은 고개를 끄덕거렸다. 어떤 비밀로, 혹은 어두운 굴속으로 한 발 한 발 들어가는 듯한 비장함이 느껴졌다. 그러나 돌아 나오고 싶지는 않았다.

"그곳에 가는 버스는 첫차가 5시에 있습니다. 5시 30분에 두 번째 차가 떠납니다. 우리는 5시 50분에 만나지요. 서로 아는 체하지 말고…… 괜찮겠습니까?"

"괜찮습니다."

"27일을 위해서 별 다른 준비를 하지 마세요. 특히 주변 정리를 하는 건 절대로 안 됩니다. 평상시처럼…… 화장실 가듯 떠나야 합니다. 괜찮으세요?"

"네."

"영광스러운 선택이 되실 겁니다."

"승선은 26일 밤입니다. 선원의 집 뜰, 오른쪽 첫 번째 탁자에서 청색 점퍼를 입은 선원이 맥주를 마실 겁니다. 왼손에 호두 두 알을

228

쥐고 있지요. '산호'를 가져왔습니까, 하고 물어보세요. 그쪽에서
아닙니다 '호박이 있습니다'라고 대답하면 따라가십시오……."

애기를 듣는 호균의 얼굴은 점점 비장하게 굳어 가고 있었다.

"내일 5시 50분입니다. 저는 내일 아침 검정 바지에 회색 점퍼
를 입겠습니다."

"네."

호균이 짧게 대답했다. 남자가 손을 내밀었다. 그들은 굳은 악
수를 길게 하였다.

"제가 계산을 하고 가겠습니다. 호균 씨는 잠시 후에 나와서 화
장실에 들러 시간을 끌다가 나가십시오."

남자가 말하고 먼저 나갔다. 호균은 머릿속이 얼얼하였다. 그러
나 그는 남자가 시킨 대로 했다.

거리엔 밤이 깊어 가고 있었다. 세상은 눅눅한 어둠에 자우룩
이 잠겨 있었다. 호균은 천천히 걸었다. 오늘 자신에게 일어난 일
들이 과연 현실인지, 정말 내가 경험한 일들인지 믿기지 않았다.
그러나 그는 비현실적인 경험 속으로 비장하게 끌려 들어갔다.
한 발을 내디디고 또 다른 발을 내디디면서 '알 수 없는 세계'로
빠져들기 시작했다. 최악의 경우…… 그것은 '죽음'일 것이라고
가슴 아린 예감을 했다. 죽음에 대한 예감은 그에게 한 번도 느껴
보지 못한 '삶'을 송두리째 느끼도록 해 주었다. 자신의 삶을, 그
따뜻하게 눈물 어린 그리움이 에워싼 덩어리를…… 그는 삶을

만져 보았다.

어디서 피 냄새가 났다. 고깃배가 들어와서 펄펄 뛰거나 방금 잡은 바닷고기들이 하역되고 있을 어판장의 싱싱하고 비린 피 냄새…….

누가 자신의 손을 어루만졌다. 그 부드럽고 따뜻한 손길이 자신의 삶에 닿는 게 느껴졌다. 그는 조심스럽게 그 손을 잡았다. 지수였다.

지수!

호균이 허겁지겁 이름을 불렀다. 어두운 거리가 보였다. 세상은 눅눅한 어둠에 잠겨 있었다.

지수.

우리가 다시 만날 수 있을지…… 나는 그렇게 되길 바라고 그렇게 되리라고 믿는다. 그리움이 자라서 마침내 우리를 만나게 하리라고…… 사랑하는 지수, 나는 지금 당신의 온 삶을 끌어안는다. 이렇게 포근하고 부드럽고 가벼울 수가 없다. 우리가 영원히 부끄럽지 않은 '하나'가 되기 위해 지금 내가 떠나는 걸…… 나는 당신의 진실이 당신을 이해시키리라고…… 믿는다…….

사방에서 지수가 다가왔다. 꽃잎처럼 안개처럼 이슬처럼 바람처럼…….

그는 달리기 시작했다. 지수로 가득 찬 어둠 속으로, 지수를 흩뿌리면서, 헤치면서, 움켜쥐면서…… 살갗에 지수가 마구 달라붙

었다. 발밑에 지수가 푹신푹신 밟혔다. 머리 위와 어깨 위에 지수
가 수북수북 쌓였다.

16

남쪽에서 북쪽으로 뚫린 야트막한 비탈길이 저만큼 앞에서는 그저 캄캄한 어둠으로 변했다. 호균은 그 길을 걸었다. 한 발 내디디면 저만큼 앞에 있는 어둠이 그만큼 물러가서 길을 틔우곤 하였다.

호균은 큰길에서 갈라낸 길로 꺾어 들었다. 낮은 산등성이를 밀어내서 가운데에 길을 내고 양켠으로 집터를 닦고 있었다. 멀리 산등성이 동네에 노란 보안등이 드문드문 서 있는 게 보였다.

무적 우는 소리가 아득하게 들렸다.

항구가 내려다보였다. 항구의 담장으로 수은등이 켜 있고 그 앞쪽 항구에는 정박 중인 배의 정박등이 켜 있었다. 검은 바다 위에 붉고 노랗고 파리한 등빛이 물이랑 무늬로 길게 뻗쳐 있었다.

호균은 걸음을 멈추었다. 그는 길게 숨을 내쉬었다. 잘 있거라 항구야. 그는 항구에게 인사했다. 이상하리만치 마음이 차분하고 편안하게 가라앉았다.

나는 이곳을 떠난다. 절망과 치욕의 거리도 안녕. 호균은 다정한 목소리로 말했다.

그는 시계를 보았다. 4분이 남아 있었다. 여기서 담장까지 3분. 1분은 숨을 가누고…… 그는 다시 걷기 시작했다. 오늘 일을 맡긴 선원은 3급 기관원이었다. 그와는 첫 거래인데 대단찮은 물건으로 지게꾼을 산 것이었다.

호균은 왼쪽의 경비실을 비켜서 오른쪽 담장으로 붙어 걸었다. 시멘트 블록 담장이 한 길은 넘고 그 위에 철망을 굽이굽이 둘렀다. 그러나 오른편으로 가다 보면 경비실과 바다 가운데쯤에 둔덕진 빈 터가 있어서 그 위에 올라가면 담장 안이 보였다. 눈깔빼기는 그곳에서 했다. 항구 쪽에도 거기에 알맞도록 빈 석유통과 쓰레기 소각장의 시멘트 구조물이 있어서 그 위에 올라가 물건 보따리를 밖으로 내던졌다.

호균은 시간에 맞춰 담뱃불을 붙였다. 그는 그것을 번쩍 치켜들었다가 내리기를 세 번 되풀이하였다. 곧 안에서 상자가 던져졌다. 호균은 날래게 그것을 잡았다. 다음은 보따리. 그리고 하나의 상자. 이제 끝이었다.

호균은 처음처럼 그렇게 담뱃불로 신호를 보냈다.

그는 조금 전에 그가 내려왔던 언덕길을 돌아보았다. 머지않아 그쪽에서 익수가 택시를 타고 나타날 것이었다. 그는 상자와 보따리를 길가로 옮겼다.

곧 자동차 소리가 들리고 길 위로 전조등의 불빛이 뿌옇게 흔들렸다. 차가 호균 앞에 섰다.

익수가 차 문을 열고 나왔다. 호균이 물건을 실었다.

"돈은 니가 받아 써라."

그가 익수에게 작은 소리로 말했다.

"그러면 되겠수, 형?"

"괜찮아 익수야. 난 이 밑으루 내려갈게. 혼자 가라."

호균은 말하면서 익수의 어깨를 가볍게 잡았다. 왜소한 남자의 어깨가 빈약하게 잡혔다.

"어서 타."

"고맙수 형. 낼 봅시다."

호균은 어둠 속에서 고개를 끄덕거렸다. 시간으로는 이미 지금이 내일이었다. 호균과 차는 서로 반대쪽으로 갈라졌다. 익수는 호균이 수고비를 나누지 않고 그냥 주는 거며, 함께 타지 않는 것에 대해 아무런 의문도 갖지 않았다. 돈은 생길수록 좋은 것이었고 호균은 원래 엉뚱한 사람이라고 생각하기 때문이었다.

얼마쯤 걷다가 호균은 돌아섰다. 익수가 탄 차는 이미 금수장 여관에 닿았을 것이었다. 호균은 위로 올라갔다. 길옆의 둔덕은 흙무덤이었다. 머지않아 집들이 들어설 땅이었다. 그는 흙무지 위에 서서 먼 항구 쪽을 바라보았다. 아직은 캄캄한 밤이었다. 그러나 곧 어둠을 헤치며 새벽이 올 것이었다.

이 거리······?

호균은 이미 숨을 거둔 시체에서 느껴지는 이질감을 감지하며 항구를 내려다보았다. 안에 들어가 부대낄 때엔 크고 복잡한 곳이었다. 그런데 지금 저 항구는 호균에게 아무 뜻도 없었다.

그는 항구를 등지고 다시 걸었다.

5시 50분까지 시간이 있었다. 5시 45분까지 정류장에 나가면 될 것이었다.

가서 눈을 좀 붙여 볼까?

몸은 고단한 것 같은데 잠을 자고 싶지는 않았다.

언제나 지수를 만날 수 있을까?

오늘은 물건을 전해 줘야 하고······ 그러면 온전히 빈 날은 내일과 모레 이틀뿐이었다.

일본에 가면, 낮에 일을 하고 밤에 학교에 다니자. 터를 잡으면 지수와 민석에게 연락을 하고······ 그때까지도 지수가 결혼을 하지 않고 혼자 있다면······ 우린 다시 만날 수 있을 것이다. 기다려 달라고 말할까? 내가 다시 이 땅에 돌아올 수 있을까? 오늘 전해 줘야 하는 물건을 무엇일까? 그 사람은 누굴까? 무엇을 하는 사람인가?

호균은 여기까지 생각하다가 자신의 신경이 서슬 퍼런 칼날처럼 곤두서는 걸 느끼었다. 밀항을 해서······ 밀항······ 두려움 속으로 몸이 첨벙 뛰어들었다. 그러나 그는 헤엄치고 싶지 않았다. 두려움에 몸이 잠기도록 그는 자신을 내버려 두었다. 이렇게 두려움에 잠겼다가 두려움을 건너가면 이 세계와는 이별인가?

호균은 한 시간을 더 걸어서 101번지까지 갔다. 장꾼들이 드문드문 보였다. 해산물을 사다가 이른 아침에 내륙으로 떠나는 기차를 타고 가서 돈이나 곡물로 바꾸는 장사꾼들이었다.

그는 여인숙으로 들어갔다. 오랜만에 돌아오는 것 같은 기분이었다. 방 안도 새삼스러웠다. 오래도록 자기 혼자만 살아온 방이건만 이제 떠난다고 해서 그런지 벌써 마음이 뜨는 느낌이었다. 아무것도 정리해서는 안 된다던 남자의 말이 떠올랐다. 화장실을 가듯 나오라고 했었지.

그는 통장의 잔액과 현금을 생각했다. 달러로 바꿔야 했다. 통장의 저금을 찾는 거야 무슨 정리랄 게 있으랴 생각하는 것이었다. 그는 통장을 꺼냈다. 만 불 정도는 넘게 바꿀 수가 있었다. 외지에 나가 터를 잡자면 당장 쓸 돈이 있어야 할 것이다. 그는 만 불로 아귀를 맞추고 나머지는 목돈을 만들어 민석에게 보내리라 생각했다. 지수에겐……

호균은 통장을 제자리에 두었다. 그는 앉은 모양으로 툭 군드러져서 여우잠을 자고 났다. 꼭 5시였다. 그는 세수를 하고 옷을 갈아입고 정류장으로 나갔다. 느낌이 이상했다. 그러나 매표소에 가서 뚫린 유리 구멍 안으로 종이돈을 집어넣고 행선지를 말했다.

누군가 옆에 와 서는 기미가 느껴졌다. 그가 고개를 돌렸다. 그의 손에 무엇이 닿았다. 그는 손으로 봉투를 잡고 눈으로 그 남자를 보았다. 어젯밤과는 딴판인 모습이었다. 그러나 얼굴은 같았다.

그 남자는 호균이 버스에 오르고 또 버스가 움직이는 걸, 속력을 내기 시작하는 걸 먼 데서 천연스럽게 지켜보았다. 호균은 그곳에 가서 약도대로 찾아갈 것이었다.

다음 날 호균은 늦잠을 잤다. 밖에서 문을 두드리며 오빠! 오빠! 하고 부르는 소리에 겨우 깨어났다. 그는 엉거주춤 일어나서 안으로 잠긴 문을 벗겼다.

문이 열리며 은영과 미애가 들어왔다.

편지 부탁을 하러 온 것이었다.

"오빠, 오빠두 어서 장가가야겠다. 이게 뭐야. 저 양말 좀 봐. 저게 몇 켤레야? 빤쓴 어따 뒀수? 양말 안 빨구 저렇게 꿍쳐 뒀는데 빤쓴 빨았겠어?"

은영이 킬킬대며 말했다.

"어이구 이년아. 빤쓰, 그거 멀미두 안 나냐?"

미애가 은영에게 핀잔주고 호균에게 물었다. 호균은 손으로 누르고 있던 눈을 떴다. 눈에 뻘겋게 핏발이 서려 있었다.

"눈이 빨갛네."

"글쎄 여엉 아프네."

238

"너무 과로해서 그렇지 뭐."

"애인하고 매일 만나지 말아요."

은영이 말했다.

"오빠 정말 장가갈 거야? 시원섭섭하네."

미애가 말했다.

호균은 대답하지 않고 담배를 찾아 입에 물었다.

"구드브란드한테서 회답 왔니?"

"새끼가 이제 회답을 보냈잖아. 뭐라구 썼나 읽어 봐 주구, 회답
해야지, 오빠."

미애가 항공 봉투를 내밀었다. 호균은 대충 자기 실력대로 편지
를 읽어 주었다.

"오빠, 편지 쓸 때, 내 얘기두 써줘 오빠. 나두 양코배기한테 시
집가게 응? 꼭이야 오빠!"

은영이 새끼손가락을 세워 보이며 말했다.

"사진 하나 넣어서 보내려구."

미애가 보태 말했다.

"너희들 딸라 있니?"

호균이 물었다.

"우리가 그걸 만져나 보나? 죄다 뺏기지. 오빠 몰라? 우리 사
정!"

"뭐 그저……."

호균은 민망해서 얼버무렸다.

"우리 주포(포주) 언니한테 가봐. 명희 언니는 있을지 몰라."

"그래. 알았어."

"딸라는 뭐 하게?"

"그저 좀…… 내일까지 써 주면 되지? 점심때 가져다줄게."

호균은 말하고 일어섰다. 그는 미애와 은영을 문턱에서 배웅했다. 곧 명희 방 쪽에서 까르르 웃고 지껄이는 소리가 들렸다. 호균은 변소에 들렀다가 세수까지 하고 들어왔다. 명희가 복도에서 잡았다.

"딸라 바꾼다고?"

명희가 물었다. 호균은 왠지 찔끔했다. 그는 짐짓 심드렁하게 고개만 끄덕거렸다.

"들어와 봐."

명희가 방으로 끌었다. 호균은 명희 방으로 들어갔다. 100불짜리 네 장, 50불짜리 두 장, 20불짜리 열 장, 10불짜리 한 장, 5불짜리 두 장을 꺼내 놓았다. 호균은 명희에게 달러를 바꾸었다. 은영과 미애가 호균의 환전 소문을 낸 것이 그날 저녁으로 모든 포주들에게 퍼졌다. 이날 오후, 호균은 은행에 가서 10원 단위의 돈만 남기고 모두 찾았다. 그는 항구 집 양 씨에게 환전을 부탁했다. 만불을 부탁하는 호균을 놀란 눈으로 빤히 쳐다보던 양 씨의 아내는 무슨 생각에서인지 5천 불만 바꿔 주었다. 호균은 선원의 집에 가서도 환전을 했다. 그곳에서 1천5백 불을 바꾸었다.

호균이 달러를 바꾸고 다닌다는 소문은 윤 형사의 귀에도 들어 갔다. 이 얘기를 듣는 순간 윤 형사는 섬광 같은 빛을 보았다. 가 슴에 뿌듯한 것이 꽉 차오르는 걸 느꼈다. 한두 달 동안 찡그리 고 다니던 그의 얼굴이 갑자기 환하게 피어났다. 그는 은행에 조 회를 해서 마침내 호균의 예금 액수와 그것이 한꺼번에 인출된 것 을 알아냈다. 그는 호균의 먼발치에 그물을 치고 항구 안팎과 시 내 안팎에도 여러 겹의 질긴 그물을 쳐 두었다. 그러나 이런 움직 임을 호균은 전혀 눈치 채지 못했다. 그는 자기가 주변 정리를 한 다고는 생각지 않았다. 그 남자는 그저 잠깐 외출하듯 떠나라고 했으니까.

이날 오전에, 그는 두 통의 편지를 썼다.

민석아.

너를 만나지 못하고 떠난다.

우리는 다시 만날 수 있을 것이다.

어떤 경우에라도 절망해서는 안 된다.

이 돈을 요긴하게 써라.

하고 싶은 말이 많지만 무슨 말을 해야 할지 모르겠구나.

잘 있거라.

지수 씨.

당신의 이름을 쓰는 것만으로도 내 생명이 떨리는 걸 느낍니다.

내가 이 땅에 살아 있는 한, 당신을 잊을 수는 없습니다.

그러나 내가 당신의 삶에 어떤 짐이라도 되어서는 안 되고, 또한 생채기를 내어서도 안 될 것입니다.

호균은 민석에게 보내는 편지를 접어서 주소를 쓴 봉투에 넣었다. 그러나 지수에게 쓴 편지는 끝내지도 못하고 접지도 못한 채 그냥 방바닥에 밀어 두었다.

이날 오후, 그는 50만 원짜리 소액환을 넣어 민석에게 편지를 부쳤다. 이 편지는 곧 윤 형사의 손에 들어갔다. 그는 민석의 집에 대한 조회도 이미 끝냈다. 최지수의 가족 관계, 특히 계옥의 신분도 파악해 뒀다. 윤 형사는 인생과 직업의 재미를 고루 느꼈다. 모처럼 몸과 맘이 두루 가뿐했다. 형사로서의 자신의 천부적 육감을 확인할 때면 거의 사정(射精)할 때와 버금가도록 황홀했다. 행운이 다가오는 느낌도 그와 다르지 않았다.

호균은 남아 있는 스물여섯 시간을 어떻게 보내야 할까 생각하였다. 마음은 한사코 지수에게로 달려갔다. 그러나 그는 천천히 걸어서 동해 당구장으로 갔다. 낯익은 사람들과 당구를 쳤지만 손이 떠서 잘되지 않았다. 그는 한 시간도 못 되어서 당구장을 나왔다. 남아 있는 시간이 지루하기 그지없었다. 그러나 다시 생각하면 남아 있는 시간이 너무 짧아서 숨이 막혔다.

지수에겐 미흡한 것이 많았다. 오해를 남길 것이 분명했다. 그는 이런 이유로도 지수를 만나야 했다.

선물의 집.

바다.

그는 불이 켜진 진열장 위 대롱거리는 나무 간판을 삼킬 듯이 바라보았다.

저 안에 지수가 있다! 그의 내면에서 누군가가 이렇게 소리 질렀다. 지수가 있다! 그는 주저앉을 것만 같았다. 여학생 둘이 조잘거리며 그를 밀치고 지나갔다. 그는 느끼지 못했다. 물론 길 건너편 잡화상에서 모자를 눌러쓰고 그를 지켜보는 남자 하나가 있다는 것도 몰랐다.

그가 천천히 진열장 앞으로 다가갔다. 바람처럼 조용히. 자기 자신도 모르게. 지수. 그리고 속으로 이름을 불렀다. 지수! 무엇인가 엄청난 일이 생길지 모르고, 무엇인가 평화 같은 행복이 올지도 모르고, 원시보다 더 정직하고 단순한 신성(神性)을 가지고 살지도 몰랐다. 하여간 무엇이 되었건 지금까지의 '신호균과는 다르다!'고 호균은 생각했다. 다른 세상, 다른 인생이 펼쳐질 것이다. 지수! 당신도 나와 함께 전혀 새로운, 그런 세상을 살자! 호균은 어서 지수에게 말해 주고 싶었다.

호균은 진열장 유리에 얼굴을 대고 안을 들여다보았다. 자꾸 웃음이 나왔다. 폭소를 터뜨릴 것 같았다. 하늘을 보고 하하하 마구 웃어 대고 싶었다. 지수와 손잡고 저 푸른 동해의 가운데로 달려가고 싶었다.

그는 도대체 현재 이 순간이 무엇인지, 자신이 무엇을 하고나 있는지 알고 있기나 한 걸까? 벽에서 달랑거리는 나무로 된 종을 바로 잡던 지수가 이쪽으로 고개를 돌렸다. 호균이 그 얼굴을 향해 눈을 크게 뜨고 입도 찢어지게 벌렸다. 지수가 웃으며 눈을 감았다. 그는 그대로 박제된 듯 움직이지 않았다.

"너무 해요!"

곧 지수가 바깥으로 나와 호균을 때리며 소리쳤다. 호균은 지수를 향해 바로 섰다. 해방입니다. 그가 속으로 말했다.

"좋은 일이 있지요?"

지수가 물었다.

"그렇지요?"

호균의 팔을 잡고 흔들었다.

"바다로 갈까?"

호균이 뜨거운 목소리로 말했다. 너무 격정적이어서 말소리가 잘 들리지 않았다. 지수는 우선 허둥지둥 호균을 가게 안으로 밀어 넣었다. 호균은 마른 나뭇잎에 붙은 불길처럼 가게 안으로 빨려 들어갔다. 호균은 안에서도 서 있었다. 지수는 호균을 똑바로 쳐다봤다. 어디 변한 게 없나, 살피려는 것 같았다. 호균은 웃기만 했다. 뭔가 좋은 일이 있긴 있나 보다라고 지수는 생각했다. 뭔지 몰라도 덩달아 기뻤다.

"살아 있긴 했네요?"

지수는 일부러 골을 내 봤다. 호균이 자신의 머리를 지수의 가슴 앞에 댔다.

"벌주세요."

그가 말했다. 지수가 그의 머리통을 밀쳤다. 호균이 나가떨어지는 시늉을 했다. 지수가 깔깔 웃었다. 그도 따라 웃었다. 웃는 게 좋다고 생각했다. 맘껏 웃어 재끼니까 심장부터 확 열리는 느낌이었다.

지수는 작은 의자를 그에게 내밀었다. 호균은 바다로 가자는 말이 입 안에서 근질거리는데 참았다. 지수는 주전자에 물을 끓이고 그가 연락을 끊고 지낸 날들의 고통을 다시 새겼다. 항구 도시를 샅샅이 뒤질까, 그가 치한이든 건달이든 좋다, 사랑은 사랑하는 사람의 몫이다……라고 생각해야 했던 시간들을 떠올렸다. 지수가 이런 생각을 하면서 묻지도 않고 대추차를 낼 때 호균은 가게 안을 샅샅이 도장 박듯 눈에 새겨 넣었다. 언제 다시 볼까. 이 가게로 다시 올 수 있을까? 조금 전 가게 앞 진열장에서 통쾌한 웃음이 터지던 것과는 사뭇 다른 생각을 했다. 기분의 움직임을 호균은 알 수 없었다. 그건 마음대로 되지 않았다.

"저녁은 먹었어요?"

그러나 지수는 겨우 이렇게 물었다. 호균은 대답하지 않았다. 입을 열 수가 없었다. 이곳에 올 땐 행복과 기쁨과 희망을 주려고 했는데 왜 그게 말로 나오지 않는지 그는 알지 못했다.

"그동안 어떻게 지냈어요?"

지수가 마주 앉아 침울하게 물었다. 호균은 여전히 입을 열지 못했다.

"난…… 늘 여기서 이렇게 바깥을 내다보며 너무 초조해서 초라하게 있었어요."

지수가 가만가만 말했다. 호균은 가슴이 쓰렸다.

이젠 지수도 아무 말 하지 못했다. 말하면 호균처럼 울게 될 것 같았다. 그래서 그들은 자신들도 모른 채 화석이 되어 갔다.

그들에게 억겁의 시간이 흘렀다.

"지수 씨!"

호균이 낮은 목소리로 지수를 불렀다. 지수가 야위어서 더욱 커진 눈을 크게 떴다.

"종이 한 장만 줘요."

호균이 말했다. 지수는 왜 그러느냐 묻지도 않고 종이와 볼펜을 가져왔다. 호균이 종이를 들고 앞뒤를 들춰 봤다. 그리고 자신의 이름을 흘려 썼다.

"이게 내 사인이거든요. 이거 가지고 있어요."

"왜요?"

"나중에 그런 사인을 보게 되면 나라고 믿어요."

"왜요?"

지수가 물었다. 호균이 고개를 숙였다. 그의 볼펜 든 손이 가늘게 떨렸다. 무릎에 얹은 종이도 흔들리는 것 같았다. 종이 위로 눈물이 너무 커서 눈물 같지 않게 후드득 떨어져 내렸다.

"지수 씨를 사랑하니까요. 우린 만나야 하니까요."

호균이 울먹이며 말했다. 아. 지수가 신음했다. 가는구나. 드디어 떠나는 날이 왔네. 지수는 생각했다.

"사랑한다면서, 만난다면서 왜 울어요."

지수가 울먹울먹 따졌다.

"제발 지수 씨. 나를 믿어 줘요."

이때 어떤 여자가 가게 문을 열고 들여다보았다. 그 뒤로 모자를 써서 얼굴을 가린 한 남자가 가게 안을 살폈다. 두 사람 다 들어오지 않고 가 버렸다.

"나 때문에 손님이 가요. 난 지수 씨한테 언제나 도움을 주지요?"

호균이 진심으로 말했다. 지수는 입을 삐쭉 내밀었다. 그리고 종이를 들여다보았다. 신호균이라는 흘림체 글자. 내 생의 부적일지 몰라. 지수는 이런 생각을 했다. 눈이 짓무르도록 들여다볼지 몰랐다. 지수는 문득 어머니의 말을 떠올렸다. 어떤 고통이 와도

고통을 피하지 말고 고통 속에 들어가면 고통을 잡을 길이 열린다
고, 했다.

"지수 씨. 부탁이 있어요."

호균이 젖은 눈으로 지수를 바라보며 말했다.

"오늘만 문 닫고 바다 보러 갈 수 있어요? 그래 줄 수 있어요?"

다시 호균이 간절하게 말했다.

"물론이에요!"

지수가 화가 난 것처럼 퉁명스레 말했다.

바다는 파도가 높았다. 파도가 달려와 모래를 훑어 달아나곤 하
였다. 둘은 손을 잡고 천천히 걸었다. 내 생명의 반절을 당신에게
두고 간다, 호균은 속으로 말했다. 말하고 또 말했다. 따뜻하고 포
근한 살을 느꼈다. 생명이었다. 깊이 숨을 들이마셨다. 비릿한 바
다 냄새가 몸속으로 스며들었다.

우리가 진정 혼(魂)이 있다면…… 호균은 생각했다.

나는 지금 당신의 혼을 삼켰습니다.

호균은 자신의 손에 싸쥔 지수의 손을 자신의 뺨과 콧등과 이마
와 귀와 입술에 대었다.

지수는 숨을 쉴 수가 없었다. 알지도 못하는 운명 같은 것이 느
껴졌다. 처연하고 비장한 느낌으로 운명이 실감되었다.

"지수 씨."

"네."

"늘 잘 먹어야 해요. 밥이 하늘이래요. 몸을 허약하게 만들면 죄 받아요."

호균이 말했다. 지수가 훌쩍 콧물을 삼켰다.

"난, 뭐라고 말하죠? 우아하게. 세련되게 하고 싶어요. 뭐라고 말해야 해요? 밥 잘 먹으라고? 잠 잘 자라고? 건강해야 한다고?"

이렇게 말하고 지수가 호균을 마구 때렸다. 그는 맞기로 작정한 사람처럼 가만히 서 있었다.

"제발 떠나지 말아요! 보구 싶다구요! 보구 싶어서 죽을 것만 같다구요!"

지수가 더 이상 때리지도 못하고 소리 질렀다. 이때였다. 호균이 지수 앞에 무릎을 꿇었다. 지수가 한 발 뒤로 물러났다. 1초가 지나고 10초가 지났다. 1분이 지나고 5분이 지났다.

지수가 뒤돌아서 그가 앉은 반대편으로 달려갔다.

"지수 씨이!"

호균이 소리쳐 불렀다. 그리고 달려갔다. 어디쯤에서 숨이 턱에 닿은 지수가 주저앉았다. 호균이 그 앞에 다시 무릎 꿇고 앉았다. 잘 있어요. 지수 씨. 건강하고. 희망을 잃지 말아요. 호균은 속으로 말했다.

"지수 씨. 저 하늘을 봐요. 달 별 바다를 봐요. 이 땅을 봐요. 하늘, 별, 달, 해, 바다, 땅, 산천초목처럼 나도 지수 씨와 함께합니다.

그리고 한 가지. 내가 아까 가게에서 써준 내 사인. 그거 꼭 간직하세요. 우리들의 미래를 지금 보여 줄 수 있었으면 한이 없겠는데."

호균이 또박또박 말했다. 지수가 고개를 들고 어둠 속에서 그를 쳐다봤다. 순간 호균이 와락 지수를 끌어안았다. 지수도 두 팔로 그의 목을 얽어맸다. 그들은 서로 아무것도 모른 채 오래도록 끌어안았다. 그리고 언제 두 입술이 포개졌는지 몰랐다. 혀가 우주처럼 서로에게 부드럽고 뜨겁고 가뿐하게 유영하도록, 그들은 생과 사를 한꺼번에 벗어난 듯, 다만 자유였다.

비록 몇 시간 후에 호균이 외항선의 화물 칸에 들어가 보지도 못한 채 윤형사에게 체포되더라도, 계옥이 자신의 비극을 복제한 딸의 운명에 소스라치며 놀랄 일이 코앞에 닥쳤을지라도…… 지수가 마침내 간첩 혐의를 쓴 호균의 수사관과 마주 앉는 일이 생길지라도…….

이경자 연보

1948년   음력 1월 28일 강원도 양양군 양양읍 성내리에서 출생.

1965년(17세)   숙명여자대학교 주최 전국 여고생 단편 공모에 「멎어 버린 행진」이 입선.

1966년(18세)   양양여자고등학교 졸업.

1968년(20세)   서라벌예술대학 문예창작과 졸업.

1973년(25세)   『서울신문』 신춘문예에 단편 「확인」이 당선되어 등단.

1982년(34세)   장편 『배반의 성』(일월서각) 출간.

1984년(36세)   소설집 『할미소에서 생긴 일』(인문당) 출간.

1989년(41세)   소설집 『할미소에서 생긴 일』(고려원) 재출간. 소설집 『절반의 실패』(동광출판사), 수필집 『반쪽 어깨에 내리는 비』(푸른숲) 출간. 『절반의 실패』가 TV 드라마화 되어 당시 사회적으로 큰 반향을 일으킴.

1990년(42세)   장편 『머나먼 사랑』(풀빛), 소설집 『꼽추네 사랑』(동광출판사) 출간. 올해의 여성상 수상.

1992년(44세)   장편 『혼자 눈뜨는 아침』(푸른숲) 출간.

1993년(45세)   소설집 『절반의 실패』(푸른숲) 재출간. 소설집 『살아남기』(작가정신) 출간.

1996년(48세)   장편 『황홀한 반란』(푸른숲) 출간.

1997년(49세)   동화집 『궁금한 게 참 많은 세상』(한양출판) 출간.

1998년(50세)   장편 『사랑과 상처』(실천문학사) 출간.

1999년(51세)   장편 『정은 늙지도 않아』(문이당) 출간. 장편 『사랑과 상처』로 제4회 한무숙 문학상 수상.

2000년(52세)   환경부 환경 홍보 대사 위촉.

2001년(53세)   수필집 『이경자, 모계 사회를 찾다』(이룸) 출간.

2002년(54세)   민족문학 작가회의 부이사장 역임.

2003년(55세)   장편 『그 매듭은 누가 풀까』(실천문학사) 출간.

2004년(56세)   수필집 『남자를 묻는다』(랜덤하우스중앙) 출간.

2005년(57세)   장편 『계화』(생각의나무) 출간.

2006년(58세)   현재 환경부 환경 홍보 대사.

생애보다 긴 밤

초판 1쇄 발행일 · 2006년 5월 15일
초판 2쇄 발행일 · 2008년 2월 1일
지은이 · 이경자
그린이 · 김계희
펴낸이 · 임성규
펴낸곳 · 문이당

등록 · 1988. 11. 5. 제 1-832호
주소 · 서울시 성북구 동소문동 4가 111번지
전화 · 928-8741~3(영) 927-4990~2(편)
팩스 · 925-5406
ⓒ 이경자, 2006

홈페이지 http://www.munidang.com
전자우편 webmaster@munidang.com

ISBN 89-7456-338-X 83810

값은 뒤표지에 표시되어 있습니다.

잘못된 책은 바꾸어 드립니다.
저자와의 협의로 인지는 생략합니다.
이 책의 판권은 지은이와 문이당에 있습니다.
양측의 서면 동의 없는 무단 전재 및 복제를 금합니다.